U0045024

書歲月的臉

2020憂喜參半

林淑如 著

《書歲月的臉》五十七超人氣推薦序

欣賞五十七篇推薦序，彷彿走入一片繁花似錦的文字花園，感謝周邊這麼多愛文學的作家、同事、同學、學生、社團及親朋好友……充滿關愛的語言，有你們，眞好！

·因爲眞誠，所以豐富～

我和淑如在淡江大學大一學期結束後，不約而同的轉入中文系，想來她的西語系和我的東語系都是胡亂塡志願的結果。

這是我和淑如大學三年同窗的開始。不過，大學三年，我倆並無交集，最主要的原因是當時她已和現在的夫婿方克屏出雙入對，甜蜜幸福的小兩口世界裡全被彼此塡滿了，密實的連根針都插不進去，我們只能在一旁看著她比我們早來的幸福快樂。

眞正認識了解淑如是在畢業後很久，這得感謝我們班每年一次的同學會，我們漸漸親近，因爲同愛閱讀寫作，相知相惜，終成莫逆。

二〇一七年秋天，我們兩對夫妻（克屏、淑如，張挽和我）相偕去廣東尋根，並順便自駕前往張家界旅遊。我常聽說很多原本相愛的情侶、朋友都通不過共同自助旅行這一關，但那一趟十天的旅程，我們同車同食同宿，志趣相投，相處甚歡，非常和諧，留下一段最美好的回憶。

這些年來透過臉書看淑如，她幾乎每天不間

斷，眞誠熱切鉅細靡遺的寫她的家族、親人、學生、朋友、同學和生活，字裡行間滿是正能量，文字優美動人，也讓旁觀的我逐漸拼湊出一個擁有「全福」的淑如：

她那龐大綿延又相親相愛的百年家族。

她的夫婿克屏是初戀也是一生唯一之戀，純粹美滿始終如一的婚姻，彌足珍貴。

她的一雙兒女，自幼品學兼優，學成後，都成爲醫生，也各自擁有幸福美滿的婚姻。

她教過的學生，桃李滿天下，遍布全世界，無論走到哪裡都有學生反饋。

她熱愛閱讀寫作，也帶領參與一個陣容堅強質感極佳的讀書會，讀書寫作相互輝映，生活的精神層面很高，永遠是人們仰望的標竿。

我常讚嘆她是個稀有的全福之人。一般人的人生多數是「有一好沒兩好，有一福無二福」，淑如卻是十全十美毫無缺憾。

這樣的人生，這樣的淑如，怎不令人又羨又愛呢？

傅孟麗（作家／淡江大學同學）

．傳統的寫作和發表，在社交媒體臉書（facebook）出來後，有了一些改變。

．一般作家通常會先等紙媒刊出後，再貼到臉書上去，這類作者，在寫作時，是依循傳統的心態——向不知在哪裡的讀者訴說。

但林淑如老師走的路，則是直接進擊臉書，與傳統模式有點不同。寫作手段也不太一樣。

傳統的寫作，讀者很模糊，如何吸引更多讀者，在寫作功力上要求便相當嚴謹；臉書的朋友圈多半是經過（作者）認證的，寫作（訴說）的對象，作者心中很清楚——就是與臉友們直接對話，因此，作者寫臉書時，就是完全抒發自己的心情，而少顧及寫作技巧，使得作品讓其臉友讀來相當貼切。

而林淑如的文筆本來就不弱，寫臉書文章對她來講本是小菜一碟，如果拿我熟悉的籃球作比喻，傳統的發表模式像是打職籃，直接衝擊臉書的模式是街球，那麼，林淑如就像是帶著一身室內球場的職業攻防水準，去縱橫戶外球場。

林淑如這一露「臉」，勢必讓街頭的球迷「好看」。

徐望雲（明道同事／YoutuberMy Media「老徐開講」主持）

·如果臉書是一張臉，當年我這個新手作家、小編輯仰頭看淑如老師親切溫藹如鄰家姊姊，如今我也長了像淑如姊姊的這張臉。

如果臉書是一本書，淑如老師的臉書就是一本歲月的書。

如果臉書是一幅畫，這本《書歲月的臉》，固然有時間的痕跡，布滿皺紋，卻也有生活的美好，笑意盎然。

林黛嫚（作家／朋友）

·中文系的才女，《明道文藝》的主編，同學中的暖心伙伴。

淑如走到那裡，筆就到那裡，筆下的風采有人文探索的驚喜，有進入內心世界的眞情流露，我喜歡！

吳娟瑜（作家／淡江大學同學）

·林老師帶領三餘讀書會，在社會閱讀風氣每下愈況之今日，倡導讀書之樂，傳播讀書之美，數年如一日，實乃一股清流。現聽聞林老師即將將個人筆耕創作集結成書，欣喜之餘，也推薦愛書之人一讀爲樂！

老黑——田臨斌（旅遊家兼作家）

．林老師集編寫教學於一身，長年徜徉於文學世界，文學豐富她的人生，也滋養她身邊的人。文學不老，熱情永駐，閱讀她在FB所張貼的精采文章，除可了解一個愛書人充實圓滿的生活，也可意會文學賦予生命的細緻張力。

方秋停（作家／明道中學同事）

．總是笑容可掬的林老師，因為受邀去讀書會演講相識，她總是用那枝抒情之筆，書寫生活中讓她心動流連的人、事、物，她觀察入微，體會深刻，即便是平凡小事，在她筆下也栩栩如生，如在目前。善於品味人生的她，不僅分享生活，也不期然地成為退休人士的美學人生的典範。

郎亞玲（頑石劇團藝術總監）

．娑婆世界中，每一張緣視過的臉，都值得在感念中，再次被想起。虛擬網路上，每一篇用心的書寫，皆等待於重讀裡，與美好相遇。臉書上的感動轉瞬，敬虔地以鉛字銘刻於紙本上，就在指尖翻動扉頁、身心領受的當下，感動就成為了永恆。

吳品瑜（作家）

．我和淑如老師在五十多年前，雖然只有同事過一年，但深深感受到她熱誠、溫暖的個性。後來甚少見面，都是在臉書上相逢，透過她流暢的文筆，覺得眞是文如其人。不論寫婆婆與越傭、先生、兒孫、同事、讀書會文友等，都可看到她處處關懷別人的眞誠與體貼。

宋裕（作家／翰林國高中國文教科書總召集人）

．淑如老師是我在台中市立一中高中時期，就非常喜歡的才女學妹，經常在《綠天》校刊上，閱讀她的文采大作。總是像迴旋木馬式的在腦海中揮之不去，餘韻繞著。

之後，我們又有緣成爲明道中學的同事，她主持《明道文藝》的編輯及專欄……。本本豐富、篇篇精彩，成爲明道人必要性的精神糧食，眞的，我們都愛上她的文章品味。

朱魯青（景觀設計師／中市一中學長）

．林淑如老師是我成長期最重要的老師之一。這幾年她維持書寫著腦中所思、眼睛所見、心中所感的事物，一篇一篇發表在FB，讓我跟著她的筆觸了解更多的觀點。

很高興聽到淑如老師要將它們集結成冊，這讓更多人有機會能閱讀到她的文章，定會有不同的感動噢！

熊美玲（音樂創作人／明道學生）

．林淑如老師是我老婆熊美玲讀初中時的國文老師。

照說，我這把年紀的初中國文老師起碼都要有個八十好幾了。可她跟我老婆差沒幾歲。所以相處起來像朋友多過師生。我跟她的學生們的關係也是有趣，他們比較像是我的同校同學，我老婆常說我和他們比較熟。所以，我跟林老師也熟。她是個做學問的人，我卻一貫本色，像個浪子，我常想：若是我也有這樣的一個老師，或許，高中時期會少翹一些課。聽聞她出書了，趕緊來祝賀一番，希望大家都會喜歡這本滿有感的雜記。

林秋離（音樂創作人）

．淑如老師的新書《書歲月的臉》即將出版，希望我以醫者的角度分享一段心得。

其實我和林老師從未眞正見過面，但因爲她有位非常優秀的兒子剛好也算是我的門生，

家庭教育非常的成功，所以我也間接的仰慕起林老師了。

這幾年來，林老師在FB上面分享的文章，光看標題，譬如「這又是個不可思議的重逢」、「走過浪漫～活出現實的體驗」……，就知道林老師寫的是人性，親情、師生情；談的是文學、音樂、藝術；分享的是教育、尊師重道、生活的文學，即使是遊記，傳遞的也是人性的溫暖，圓滿的處世之道，包括了世間美好的事物。

讀到林老師的文章，每每都讓人有一種溫暖的感覺。雖無緣參加「三餘讀書會」，但仍慶幸《書歲月的臉》能及時出版，正是「時光不老，文學不休」！

侯勝博（亞洲頭頸部腫瘤醫學會理事長／耳鼻喉頭頸外科醫師）

．喜聞淑如老師的臉書PO文，終於要結集出版了，真的是滿心雀躍！她的PO文不僅圖文並茂，而且內容包羅萬象，文筆彷若行雲流水，寫出來的文章常常有一股魔力，引人入勝！而她就像個文字的小精靈一樣，傳遞出許多的正能量！在她分享的文章中，無論是讀書、旅遊、聚會或是親情、友情、師生之情乃至夫妻之情在她的筆下，都成了人人羨慕的桃花源。

尤其，她常常信手拈來，引用古詩詞套入描繪的情境中，讓人不得不讚嘆淑如老師的文學底蘊真的是太深厚了！

柳秀華（僑仁國小退休教師／兒子小學老師）

．淑如老師中學時就開始編輯《綠天》，擔任教職時編輯《明道文藝》，退休後透過臉書與門生故舊在網上編輯人生故事。老師是終身學習典範，閱讀運動推手，祝賀《書歲月的臉》即將出版，等待拜讀中……

汪大久（明道中學校長）

・林老師是我所認識的朋友中最懂得爲記憶織錦的心靈捕手。身爲她的臉書讀者，我總是享受著她用細膩的文字讓生命穿越時空所激盪的溫度與感動。出書的此刻，除了祝賀，更爲廣大讀者慶幸。

林雯琪（明道中學副校長）

・淑如老師是我三十多年的同事，因此她文情並茂的臉書貼文往往引起我內心的共鳴。閱讀她的故事，不管是親情、友情或師生情誼，我都感受到她的至誠與赤子之心的情懷。相信《書歲月的臉》必能爲你帶來心靈的悸動！

曾麗娟（明道中學退休高中部主任）

・一雙眼能看透幾多事？
一支筆能駐寫多久的驛動歲月？
一顆心能遞送多遠的幸福？
閱讀老師的臉書，就像讀一本實體書，讀書讀己讀人生讀的是幸福！
老師紀錄浮世，如實眞確，記書記人記事記隨身幸福，非祇珠璣且字字溫暖，請接收！

孫素貞（明道中學退休國文教師）

・離開編輯檯的淑如老師，開始編輯自己的故事了，那種很沉很密，經過時光豐滿，終於蓊鬱扶疏，有無中帶來一陣薄薄酒釀氣味的故事，很讓我回想起許多午後，日色曬過綠紗窗，將膝前閱讀的紙卷烘得溫滑的美麗往事。祝福老師。

曾柏勳（明道中學高中部國文科總召）

・如果你沒空讀書，無法參加三餘讀書會，

強力推薦你閱覽林淑如老師的臉書。有鉅細靡遺的讀書會過程書寫；有推陳出新的延伸閱讀；更有優美動人的辭藻深中人心。千呼萬喚，淑如老師終於要出書了，能有機會表達雀躍之情，榮幸之至！

陳聯華（明道高中國文教師）

．林老師是我的偶像。她永遠燦笑迎人，以溫暖的文字分享生活智慧與文學素養；

我於民國七十六年到明道，有緣認識老師，受到老師的鼓勵與照顧；九十一年離開明道，多年後，得以在臉書與老師重逢續緣。

如今老師的作品即將成書出版，我引頸企盼，願領簽書會號碼牌，期待早日現場聆聽老師的寫作妙方。

張淑慈（忠明高中國文教師）

．從高中起，淑如給人的印象就是文藝少女——才氣型、會寫文章的文藝愛好者。想不到，經過「由你玩四年」的大學，又當了老師，還是散發著文學氣質；後來做了編輯，更不必說了，每日與文字爲伍，文學就是她的志業。更難得的是，退休了，優遊四海、進出廚房，仍然談文論藝，書寫不輟，且能結集出書，眞是把文學當日常，且老而彌堅，令人佩服！

陳憲仁（《明道文藝》前社長）

朋友的守護者～淑如老師

「御守」是祈禱者的護身符。在日文中的意思是「守護」，我們可以看到神社或寺院提供各種不同顏色與形狀的御守。

而在我與林淑如老師相識相知的數十年來，我感覺她幾乎就是人與人之間很重要的「御守」。因爲她有很美妙的一手文筆，於我與她在明道文藝任編輯同事的生涯裡，我們同仁公認她的文筆是溫暖甚至煽情的，因爲她可以把很簡單的人事物寫得非常感性；而她又非常熱情，願意多關心周遭，經常可以看到我們沒有感受到的點點滴滴。比如一起聚餐她會很認真拍下每一道菜的擺盤，似乎把色香味都攝受了起來、會跟每一位朋友周到的聊天，以致人脈非常的廣闊！

她在工作上表現出色，家庭幸福美滿，先生、兒女都是社會菁英。這樣一位樂於守護認識與不認識的人們的生活作家，如今把她豐富的臉書集結成書，眞是我們的幸福！這本書就眞的可以放在案頭，成爲我們可以翻閱、增長智慧的眞正「御守」！

鄭彩仁（《明道文藝》前編輯）

·淑如老師是我喜歡的寫手。當年在職時，讀她文字總是安安靜靜，像台中我居家旁的，不喧譁的潺湲小綠川，悠悠緩緩，自在從容。

老師退休後，是轉進，更是嚐鮮吧？六合之內，臉書之上，支筆是無處不到的；像遠寫丹佛女兒一家、千禧輪的海天遊蹤，近則牽戀台灣一角隅的林口或者烏日……她高看一眼，美麗與哀愁，筆觸間，溫柔了一切。

馬奎斯在《百年孤寂》上說：「生命不只是一個人曾經的歲月而已，而是他用什麼方法記住它，又如何將它訴說出來。」人生是一本書，而淑如老師這本書很好看。

鄭健立（《明道文藝》前編輯）

·「你快樂嗎？」這個問題對現代人來說，應該已有些難度。若繼續追問：「你的快樂是眞正的快樂嗎？」恐怕就無解了！

眞正的快樂是什麼呢？《幽夢影》這本書給了很好的答案：「人莫樂於閒！非無所事事

之謂也。閒則能讀書，閒則能遊名勝，閒則能交益友，閒則能飲酒，閒則能著書，天下之樂孰大於是！」淑如老師退休有閒，如不繫之舟馭九萬里風，擁親情遊名勝，攬知交設讀書會，如今又將這至樂集結成書，與衆樂樂，眞可謂天下之樂孰大於是了！

有幸爲此書寫推薦，若您問我「你的快樂是眞正的快樂嗎？」我會毫不猶豫地說「是！」

盧先志（高師大附中國文教師／《明道文藝》前編輯）

·爲了與時俱進、永保年輕，我每天都會上臉書滑動一下，和這個世代的年輕人在一起，了解他們的世界，也感受他們的未來。淑如老師的臉書記錄就像一本時尚雜誌，多元文化、旅行記趣、人文風采，也是我精彩閱讀與按讚的臉友，如今，更是勁爆又前衛，她不但記錄臉書，經營臉書，還要將這兩年的精華集結出書，更是讓我深感佩服與支持。

淑如老師文學素養一向衆所皆知，她非常用心書寫每一篇文章，豐富的照片帶領讀者深入其境，以她在明道中學的優異教職表現，還有明道文藝編輯的豐富資歷，期待她的新書出版讓更多人看到：一個用心生活的人，她的生命是豐富多彩和美麗動人的，祝福她新書發表圓滿成功。

楊秀蘭（三餘讀書會創會長）

·「問渠哪得清如許？爲有源頭活水來。」（朱熹）讀淑如老師的文章如同有源源不絕的「活水」湧出，滋潤衆人的心靈，傳承給所有閱讀者，使閱讀者因這「活水」的湧動，也能寫出一篇篇的文章，「文學之泉」得以綿延！

黃詩雯（二十三屆三餘讀書會會長）

·「文學不死，只需發現」，淑如的臉書處處可見文學，她在油鹽醬醋茶與起承轉合間游刃有餘，她拿起鍋鏟和打鍵盤的手一樣精巧，她駕馭文字的能力和文創巧思一樣出神入化，她的引經據典和用字遣詞信手拈來。

淑如與我，亦師亦友，我們非常的不同，我讀數學，她唸中文，我可以一台車凸歸台灣，山窮水盡疑無路，柳暗花明又一村，她卻是只要左轉右轉後，就迷路了，我可以「上窮碧落下黃泉」，她卻「兩處茫茫皆不見」，連過馬路都危機重重，我先生鍾永有說「她算不出車子、自己走路速度與馬路寬度的相對關係」。

我們又是多麼相同，生肖屬鼠，金牛座，都是鍵人，喜歡敲打鍵盤，對文字調兵遣將，悠遊在詩、散文、小說、戲劇與電影的浩瀚殿堂裡。

她博覽群書，在文學領域裡，她是掌舵人，方向清晰明確，當我陷在文字迷津裡，她就是那一道光。

李明蘭（三餘讀書會第十五屆會長）

·文學的心，美善的眼，舒暢有情的筆！

初識老師在三餘讀書會，老師分享書籍內容與心得總是精闢廣博娓娓生動，讓人聽了欲罷不能；

這樣一顆文學心的淑如老師，日常生活遊於詩書之外，也熱愛自然與藝術之美，臉書中可見老師對家事國事事事關心，家人朋友書友學生處處顯愛，美善的心，如春風徐徐，暖心慰人。

每個月三餘的會前會，例會後，老師總是健筆如風，快速貼文，讓會友們如臨讀書現場。理性詳實的紀錄，融入文學感性的情思，我們的文學饗宴因爲淑如老師的引導與報導貼文，更充實與豐碩。

悠遊文學世界，傳愛於世間人心，《書歲月的臉》處處有愛，時時有情！

盧志文（退休國小教師／三餘會友）

・我在三餘讀書會認識淑如老師，當年度若有重量級的文學作品，每每由淑如老師來導讀，淑如老師導讀的晚上必然是一場文學饗宴，當月的讀書會便成爲行事曆上一個令人期待的日子。

之後我較少在三餘，臉書則成了我們之間的聯繫。

許多偉大的藝術創作來自於創作者的生活，文學也是。

透過淑如老師的臉書，得以一窺一個文學創作者的日常，閱讀她生活裡的小故事，教我如何書寫，也教我如何生活。

吳秉謙（Roger Wu婚禮攝影／自助婚紗擔任wedding& Portrait Photographer）

・與淑如老師結緣於三餘讀書會，每次的導讀與分享深入淺出能讓人反復回味，她是明道中學退休國文老師，淑如老師fb的每篇文章，幾乎都細細的品味過，對週遭人物的愛，生活所在的情，集結於她的心，圖文並茂成爲一篇篇佳作，在心靈深處總能留下深刻的感動，常常激勵她把文章彙集成書出版，分享給更多的朋友欣賞，欣然樂見這呼之欲出的一本書——《書歲月的臉》終將誕生問世。

蔡秀縫（樂韻合唱團團長／曾是三餘會友）

・能成爲淑如老師的臉友及文友是一項值得開心的事。

涓涓細流，緩緩流深，款款情長是「淑如體」的特質，文字輕重有節，曲速隨意流暢的述說，讓我們彷彿走入了淑如老師的世界，也成爲她迷人散文人生的參與者。

雖然實際生活中並沒有太多的交集，但在過往幾次會面中，每每有多重的收穫。印象最深刻的一次是獲邀參加淑如老師家中傳承的麵粉廠參觀，在那次實際的接觸後，對於淑如老師家族勤奮創新的樣貌有了更爲具體的感受。待人親切、言之有物的她，和我一樣充滿了對於未知事物的好奇與熱誠，所以一趟麵粉廠之旅也能載滿了歡樂與知識含金量。

欣見淑如老師將臉書的精采好文集結成冊，這將是一本令人回味再三，收穫良多的好書！

張筱君（尚群診所院長／七七讀書會）

·每讀淑如老師的文章，總對她細緻描繪，以長足毅力記下「不捨時間偷走」的一刻，極爲佩服。FB是時代贈與我們的時光小盒，我們寄存所愛，以後下酒。淑如老師的文字是贈與家人與朋友一把以愛打造，開盒的鑰匙。

陳玟芳（玩具設計師／七七前會長）

·不以詰屈聱牙的文字，彰顯專業的中文造詣；溫暖的筆觸引領讀者以文學視角，觀察人與自然、深度遊歷海內外，並吸取她閱讀書籍後的精闢心得。

如綜合維他命的均衡養分，淑如老師的書寫，供給了閱讀者多方面的心靈所需。

陳雪鴻（國小退休教師／七七讀書會）

·淑如老師參加蘭馨的這些日子，總讓我對她留下深刻的印象。在她身上總是散發一種溫文儒雅的氣質，無論是在社團做慈善活動或者大家歡樂出遊之際，我們總會看到淑如老師默默在旁攝影捕捉各位會姐倩影，想把日常美好的事物記錄起來，作爲日後回憶的

養分，平時她喜歡把所見所想所思，透過文字敍述來描述，那日時光在她筆下仍如昨日一般清晰。受到姐妹們喜愛與推崇，這次她終於在姐妹簇擁下出書跟大家分享。作爲讀者的我們終能一飽眼福。

陳秀如（台灣省國際蘭馨交流協會前理事長陳秀如博士）

・欣聞淑如好友要將過去兩年在臉書上的作品集結成書，身爲「如粉」的我立馬按讚。淑如是我淡江大學西班牙文系一年級同窗。還記得大二開學那天，班上男同學發現人如其名，像淑女一樣的淑如不見時，心情都很複雜，有種被拋棄的感覺。當時我們考上西班牙文系都不是因爲仰慕西班牙文化，或想學這全球第三大語言，而純粹是「分數巧合」，既然是巧合大家就把它當做美麗，認命接受。但淑如就不一樣，她知道自己的興趣和目標，毅然轉到中文系，雖然傷了我們的心，但以結果論來看，淑如後來在文壇如魚得水，發光發熱，當年的決定絕對是明智的。因爲是「如粉」，她在臉書上的每篇文章我都拜讀。淑如的臉書貼文都不是打卡式的流水帳，她都先作足功課，引經據典，每次看完她的文章的感覺就是「又長知識了」。我迫不及待淑如的新書發表。

劉坤原（中央社前駐美國華府分社主任／淡江大學教授）

・以前在臉書拜讀淑如老師的作品，便曾慫恿她「可以結集出書了」，沒想到現在終於成眞了。

淑如老師有一支靈動的文筆，信手拈來，都成佳作，永遠不擔心詞窮。淑如老師又擁有豐沛的善感情懷，身邊看似平凡的人事物，在她帶有感情的筆鋒下，都變成了不平凡。

讀了這本書，相信讀者一定可以充分感受淑如老師的文字魅力與纖細多情的心靈。

林福助（明道中學退休國文教師／淡大同學）

·這個總是笑咪咪的嬌小女人站到你面前時，你可以很快把她打量完畢，不過你若與她成爲朋友，她的深厚內涵，卻像一個寶石礦坑，深不見底呀！她對生活與人群，對家人與朋友，充滿熱情與動力，然後將一切細節，凝聚於筆尖精煉成文字，華麗醇厚如美酒，優雅雋永似溪流，每一個篇章，總令人咀嚼再三韻味無窮。恭喜淑如，出版這本遲來的書，妳早就是我們心目中最優秀的作家了。

沈嘉瑩（退休高中國文教師／淡大同學）

·當年初一開學時，迎見大學生般初任教的國文老師，想望傾慕的大姐姐般的溫柔秀婉；淑如老師曾經指點大手大腳的青澀女學生，甩腕寫字時該收斂些。

很多年後在明道文藝社遇到中年淑如老師，杏壇深耕又家庭和美，寧靜睿智中散發著關愛眼神……對那些剛開始在江湖中沉浮的老學生。

將近半世紀後，再見已然享受退休生活、更成爲網紅健筆的淑如老師，依舊愛心滿滿願意傾聽……咱們這些也走過紅塵的明道學生。

二〇二一恭賀淑如老師集結筆耕收成，感念有愛相陪，師生攜手展望……生命中無盡緣分。

汪荷清（學生／明道文教基金會董事）

·追蹤淑如老師的臉書，是一種交揉著「羨慕、嫉妒、恨」的品讀體驗：

我羨慕～老師的優雅心性及慧眼巧筆，讓閱讀旅遊品茶賞花及日常生活，如詩歌般宜人；

我嫉妒～奇緣妙分好像總發生在老師的身上，學生親戚故舊，如戲歷歷般精彩，

至於恨～則是恨自己不如老師的體力活力與精力，恨自己不如老師勤於拍照、整理、寫作……

恭喜老師出書，請繼續讓我「羨慕、嫉妒、恨」下去。

謝富名（學生／前外商銀行主管）

·淑如老師是我的文學啟蒙恩師，透過老師的臉書文字，才知道老師的溫柔敦厚不獨厚一人，撒遍她的學生、故友、親人。透過網路，距離不是問題，春風徐徐不息。謝謝老師的生花妙筆，讓片刻成爲永恆，眞實展現了時光的煉金術。

王宗雄（學生／臺灣新北地方檢察署檢察官）

·最早玩臉書單純是種田偷菜，孰料竟讓我和高一國文老師林淑如重逢，更開心的是，老師的臉書將成紙本出版。

謝謝老師，退休後這幾年用臉書寫故事，在社群充斥假訊息與偏見的年代，閱讀老師的文字，只有越看越溫暖。

幸好，是老師的臉友，眞好，當老師的學生。

李乾元（金融公關／前蘋果日報副總編輯）

·淑如老師是我的授業恩師。

其文章如爲人，令人如沐春風、清新雋永。

平凡歲月中紀錄下深刻的體悟與心得，譜出樂音悠揚的生命之歌。

凡人變異，惟愛永恆。

賴閔聰（彰化縣立成功高中歷史專任教師）

·在字裡行間，有親情，有愛情，有友情；也充滿了感謝、緬懷、思念、喜樂等種種纖細情感。讓我們能跟著一起翻閱人生的相簿，用心沉浸在各種情感當中。在這腳步匆忙的時代中，我看到了淑如老師盡情享受每個當下的充實和愉快。昨天是歷史，明天仍未知，當下才是珍貴的幸福。

何慧真（學生／金融業）

·淑如老師以豐富柔美的辭藻描繪生活日常的你我他，在她筆下的人事物有風有雨有陽光，也有淚水與歡笑。文中所見所聞都是老師用生命觀照下的薈萃精華，是提昇正能量的催化劑。

鄧如柏（學生／加拿大慈濟列治文人文學校退休校長）

·欣聞高中恩師要出書，眞是高興。老師退休後在臉書上筆耕不輟，每一篇生花妙筆，都是平淡生活中的一抹雲霞，讓人佩服老師滿溢的活力，以柔軟的心悠遊塵囂。所思所感，細膩而深刻，在教室外，再造文學風景。

陳明群（學生／明道中學訓育組長）

·淑如老師是我的國文啟蒙老師，她本身的國學涵養與中文造詣更是我終生學習的榜樣。很高興老師願意把這些年在臉書上發表的日常觀察與人生感悟集結成冊，與更多讀者分享。相信大家都能透過老師的生花妙筆體驗到文字之美與生活的五彩繽紛。

賴惠鈴（學生／譯者）

·我是淑如老師第一屆的導生，人生走來，同行快五十年，現在是亦師亦友了。她不止是經師，還是影響我許多觀念的人師。愛和榜樣的樹立，讓我也成爲不斷回饋社會的一員，聽聞她要出書，我馬上預購一百本，廣為傳播她心中的善念，在此我很願意推薦這支「潛力股」。

蕭明道（學生／股市分析大師）

・記得高中時的我，每天被層層疊疊的考試卷壓得喘不過氣！所幸有淑如老師在寫作上的鼓勵與指導，開啟我的另一扇文學之窗，養成閱讀的習慣、紓解了聯考的壓力。

而這些年來，在職場高壓快節奏的環境裡，也幸好有淑如老師的臉書文章陪伴，讓我可放慢腳步，跟著老師的視角去遨遊世界，藉由她心思細膩、博古覽今的文筆，及以對萬物豐沛的愛，抒發她對朋友、家人兒女、夫妻之間濃郁的情感及人生的體悟，就像是她用心沏了一壺好茶，讓我們可以細細品味其中的甘甜、苦澀，感謝老師這一路上的指引和佳文陪伴，讓我更「無憂無懼」面對人生的挑戰！

陳銘宏（學生／國泰世華銀行 客戶關係經理）

・林淑如老師是我的恩師，也是師道的典範，我因國中時擔任《明道文藝》校園實習記者，有幸受教於老師，她的鼓勵與指導，使我對寫作產生信心、奠定良好的基礎，老師對我付出的許多關懷，更是點滴在心頭，三言兩語實難以道盡。今日我成為培訓記者的老師，心中仍常以老師為典範，期許自己能以老師溫煦春陽般的態度對待學生、為國育才。老師妙筆生花，退而不休，她將閱歷與智慧化為生動的文字，紀錄下人間許多真善美的時刻，作品即將出書，乃是眾所期待，篇篇文字都是令人感動的生命樂章。

林怡潔（學生／國立政治大學新聞系副教授）

・讀淑如老師的臉書文章是種享受
沒有惱人又複雜的政治攻防，也沒有心機計算，篇章裡的主角或是市場裡的親切小販、並肩合作數十年的編輯同事、畢業很久但仍心懷感恩的學生、或是祖孫三代的日常，老師以她的文學素養，冬陽般娓娓述寫平凡中的溫暖。

老師說要出書好幾次、好幾年，拜疫情的影響？終於得空完成，實閱書人的福氣！

黃潔麗（學生／高中英文老師退休）

・閱讀老師在FB所分享的任何事，完全印證，「心美世界到處都美」。
眼中看到的是美景，耳中聽到的是美言，心中想到的是美事
跟著老師的文章去旅行，你會看到
老師神采奕奕的面容和熱愛生活的態度，
跟著老師的文章去閱讀，你會佩服
老師對任何事情都有獨特的見解。
十七歲時，老師是我的偶像，
至今三十九年了，我依舊是老師的鐵粉。

陳玲汝（學生／日月知識公司 執行長）

・回憶青澀苦悶的中學時代，誤入數理資優班。但數理其實不靈光的我，只有在淑如老師的國文課裡才能獲得學習的快樂、信心的救贖。猶記得淑如老師一手娟逸又瀟灑的板書，那行雲流水的字跡化成紅墨，批在我的作文簿上，依然悅目。但更喜歡的是閱讀老師花了心思留下的評語，是肯定的讚美也好，是回應文字的對談也好，多年之後自己也當了老師，才瞭解當年我的老師有多麼投入。

不擅長保持聯絡的我，在畢業多年之後，透過社群網站再度與老師連結，成為網友，也成為老師隨筆的讀者。淑如老師擅長紀錄生

活，側寫人物。無論是記一段行旅，或是記一位緣繫半生的老友舊生，都如高山烏龍般地雋永甘甜。猶如朝花夕拾，餘韻悠遠，且願老師的書寫如明朝之花開不斷，歲歲年年。

林奇秀（學生／台大圖資系教授兼系主任）

·我的姑姑林淑如，在臉書的文章包羅萬象，不論是人物、美食的介紹、景色的敍述、書籍的解讀，都能引用古人的詩詞來註解，內容涵蓋正能量。她持續寫了幾年，終於結成文集出版，這將是相當有特色的書，值得推薦。

林宗民（姪子／美空軍電腦通訊管理退休）

·如果，書寫文章是一種文字排列組合的遊戲，那麼，淑如老師肯定是這個遊戲中的佼佼者。

我與淑如老師相識在我的人生起點，那個眼睛還沒有完全的睜開，發出來的聲音只有哭聲的階段。

因爲，她是我的三姑。

漸漸的，我的哭聲開始有了依樣畫葫蘆的模仿能力。從「床前明月光」只發出個光字，到背出一首首的五言絕句，在三代同堂的家裡，三姑無非是我的中文啟蒙老師。

也許就是因爲有了這樣的啟蒙，這才奠定了我在台灣國中休學、移民美國後，或多或少還能維持基本的中文程度。也因爲有了這樣的基本程度，在現在這種無國界的網路世界裡，我依然可以在地球的另一端享受著三姑文字上的滋潤，欣賞著她在文字上排列組合的無瑕功力，以及繼續被她文字中的智慧薰陶著。

如果說書寫文章是用文字在刻畫人生，那麼，三姑一篇篇動人的文章，勾勒出來的是一張張人生的臉，有笑，有淚，有喜，有憂，眞誠的臉。

林宗欣（姪女／美國新澤西州物理治療師）

·作者林淑如，是我小時候的作文老師、也是我的姑婆。她的文字溫暖而豐富，情感深刻而自然，一篇篇短述，像一道道小閘般，爲無情流逝的歲月，攔住那些有情的事物，令人讀之興味盎然，讀後深思感懷。

李柏青（姪孫／作家／律師）

·作者是我的小阿姨，她是母親六個兄弟姐妹中最小的一個，或許是家中老么的緣故，她總是永遠開朗熱情，在家族聚會中穿梭招呼，扮演著連結者的角色！

近幾年來，隨著網路社群的發達，阿姨更把臉書當成寫日記的工具，除了記錄她和姨丈的日常和許多精彩讀書會的點滴，更詳實地紀錄了每一次家族聚會，留下了許多參與成員、餐點菜色的美照與許多家族成員的動向發展。在某些特殊的紀念日當天，她的貼文中會跳出許多古老泛黃的照片加上文情並茂的文字，喚醒我們對先人的記憶與思念。

阿姨的臉書貼文就像一條條的線，連結了散居各地甚至旅居海外的每一個家族成員的心，相信讀者在閱讀本書時，也能輕易地被字裡行間流露的眞摯情感打動。

侯政（外甥／前外商銀行總經理）

自序——與疫同行，憂喜參半的二〇二〇

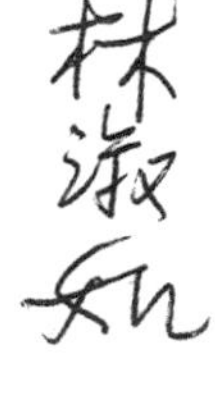

在充滿神奇的二〇一九年之後，沒想到等候我的竟是生命中第一次邂逅的苦難年。

戰後嬰兒潮出生的我，說實在，除了有當時稍拮据、不那麼物質充裕的童年時代（事實上，當時大家都一樣，也不覺痛苦），一路念書、升學，家庭的無限供應，倒也讓我無憂無慮，走過青春、穿越盛年、迎向銀閃閃的老年……田園靜好、歲月無波，豈知一個世紀大災難——新冠肺炎病毒，吹皺一湖春水，使我頓時落入挪威畫家愛德華·孟克1893年的作品《吶喊》（挪威語：Skrik或譯稱《尖叫》）的情境中，我有和繪畫中一樣強烈的「存在性焦慮」感。

直至今大二〇二一年的七月底，全世界確診的人數已達1.9億，死於新冠病毒的達413萬多，真是讓人驚恐，想起十四世紀歐洲的黑死病（鼠疫）幾讓歐洲消失三分之一的人口（死7500萬），明朝更因此滅亡。在鼠疫期間，令人憂鬱、哀傷與恐懼，只有黑色能象徵，所以叫黑死病。這時，生存與否的不確定性，使得人們產生「活在當下」的一種情緒，如同薄伽丘在《十日談》之中所描繪的一般。

而我們的二〇二〇伊始，便籠罩在新冠肺炎的陰霾中，從此「口罩」「洗手」

「人距」成爲新冠之後的制約行爲，我們的出入自由、活動自在、免於憂慮的生活步調…從此消失，就像一夕間收掉我們的呼吸權，讓日子在半窒息的空間中過得驚惶失措。

但是，爲了活下去，好好在夾縫間存活，我開始轉念：

如果不是病毒，我何曾好好守著家園，仔細聆聽家裡一景一物對我的傾訴？

如果不是病毒，我可能還忙於無謂的應酬遊戲，無法安頓寸心，以空間換取時間，大量閱讀，回到自我內省的世界。

如果不是病毒，桎梏了人與人間交通的橋樑，我們會以爲所有的友誼來得理所當然；所有的聚會、相見……唾手可得；所有的旅行，只要一口皮箱便可走天下！

還有，以前認爲簡單的幸福、人與人間的信任，都在病毒來的那一刹那遁形，於是我深深體認：擊垮我們的是人性不是病毒。

因此，我們要保持社交距離，但要靠近人心與人心的距離。

更加珍惜我們周遭擁有的親人與朋友。

於是，我的二〇二〇年雖與疫同行，但我爲每一次與親人、朋友難得的相聚；爲與大自然偶爾的擁抱、溫存而感動，那是一種「失而復得」的感覺，我記錄了每一個快樂的當下，但，那不是純然的快樂，仍然是讓我歡喜、讓我憂的日子，我的快樂，應該是范仲淹在岳陽樓記中說的：

「先天下之憂而憂，後天下之樂而樂。」

必須等疫情過後，世界不再籠罩在病毒的陰霾中，人人擁有一張快樂的臉時，才是我眞正得到快樂的時候吧！

目錄

從經典《戲曲故事》中汲取到的智慧

一月六日——三餘例會

編撰《戲曲故事》一書的作者張曉風女士，試圖將台上搬演的劇本用小說的形式來表現，對她來說有「竊得寶物」的狂喜；她說她是透過白話書寫，將古代戲曲賦予新時代精神，獻給現代的心靈。

沒錯，當我們在之前閱讀原文版的《牡丹亭》（明．湯顯祖）時，相信會友能閱畢文本的不多，連我有中文系底子的人都覺有些費工的困難，但畢竟有使命感的導讀聯華老師認爲有「認識經典文學」之必要，於是，那本書在會內三個國文老師（聯華、素貞和我）的共同導讀下，也算完成不可能的任務，不管看熱鬧還是懂門道，我感覺會友的配合度讓我敬佩。

這次，我建議聯華老師，用淺顯易懂的白話本代替原作的語言，使戲曲故事的精神傳達不減，而讓非中文系畢業的大多數會友，也排除文字閱讀的艱澀，果然，不少會友都輕易看完這本精彩的故事集。

此次進行分三段：

導讀在PPT中將文本的每篇故事言簡意賅地介紹給大家：

若非自己先消化吸收，不可能口若懸河於四十分鐘內講出全書二十八個故事，聯華老師的功力讓人刮目相看。

以戲劇方式演出：

這次，我和三個會友（詩雯、力安、良眞）分配到〈琵琶記〉，我們透過演戲的方式來傳達，有限的服裝、道具，一人飾兩角的艱困情況下，依然努力演出，古劇新演，效（笑）果十足。沒有時間練習，卻在四人群組視訊中談定，便上場，精神可嘉！

分組討論

這次分五個主題，將古人戲曲給予我們的智慧歸納成：

A.善念與惡報

B.報恩與負義

C.團圓與分離

D.守禮與衝撞

E.順命與抗命

讓會友集思廣益，推派一人上台發表討論的結果。

其實，書中有許多的故事如：〈竇娥冤〉〈西廂記〉〈桃花扇〉〈中山狼〉〈趙氏孤兒〉……都耳熟能詳，有的甚至在「民間故事」、「童話故事」中都會一現再現，但閱讀之好處在於：不同年紀閱讀，有不同體會。「少年讀書如隙中窺月；中年讀書如庭中望月；老年讀書如台上玩月；皆以閱歷之淺深，爲所得之淺深耳。」這群愛書的朋友，都以流暢的語言在傳達他們的生命的閱歷，我們就站在巨人的肩膀上眺望遠方美景，受益良多。

感謝二〇二〇年新加入的十五個會友，他們眞是臥虎藏龍，加上許多認眞的舊會友，一月剛啟航，就快樂出帆，我們要航向浩瀚的文學之海，那是自外於喧囂、熙攘，是人生最溫柔的一種旅行，不是嗎？

一月九日

心境

此刻我忘了喧擾不已的人間，只記得這樣的一個人，他的名字叫許由！

許由是上古時代人，堯帝想把天下讓給他，他不肯接受，躲到箕山腳下；後來堯又請他出任九州長，他跑到潁水邊去洗耳朵，認爲堯的話玷污了他的耳朵……

一個躬耕自食，渴了就去河邊掬飲的人，有人見他無器，送給他一隻瓢，許由喝完把它掛在樹上，風吹作歷歷聲，許由覺得煩，把瓢扔了……連瓢動之聲都忍受不了的人，可眞是令我仰慕。

這幾天被周遭紛紛擾擾的爭議聲追得無可遁形，我應該毅然決然放棄這樣的聲音，到深山裡的清流邊洗耳去~

懂我的先生，眞的叫我關閉耳朵、也順道閉上眼睛和嘴巴，他知道我不是社會人、更不是政治人，只有文學的世界才能讓我安頓身心，得到救贖。

但宗教的世界呢？我其實不執著，肯定每個宗教都是以善爲出發點……達到淨化人心的效果。

一月五日因花蓮慈濟宗教處副處長——表弟運敬的邀約，我們得以參與台中靜思堂的歲末點燈祝福活動。

這是晴朗的星期天，褐葉在欒樹上靜定、留住冬天的暖陽；我們的周邊留住的暖陽——是著深藍制服的慈濟人之笑容。

參加以中部校長和教聯會老師爲主的歲末點燈，證嚴法師親臨現場，贈予紅包祝福。

幾乎年年都參與這個活動，也熟悉所有流程，但只要沈浸在這樣的氛圍中，我還是感動流淚……

行動大過言語，二〇一九年大藏經，一月、二月、三月……到十二月，所有愛的步履踏遍世界災難的土地，非洲災害、大陸飢民、東南亞義診……台灣醫院成立、世界環保議題參與……一幕幕模糊我視線、洗滌我心靈，有愛走遍天下，無關人種的付出、跨越國界的慈悲，才是我心中的桃花源，理想中的烏托邦。

整個會場的燈都暗了，黑漆漆中，我們點起蠟燭…那是一盞盞的心燈，燭燈有形，心燈無形，點燃心燈，照亮心田……

燈傳燈，心連心，燈燈相傳無盡燈……

張開眼睛，大放光明！

我許的願還是：田園靜好，歲月無驚。

距離歲末祝福又過了幾天，我卻還時時沈浸在那滿場點點燭光中……

期待，明天醒來，一片靜寂
又是天朗氣清的美好。

在百年書店參與的讀書會——遇見電影《寄生上流》

一月十五日

台灣最老的書店——瑞成書局，位在台中百年中山公園的對面，現在已翻修成高樓大廈，看不出它的老態，只能從創辦者許克綏先生的孫子——第三代許欽福經理都已在去年（二〇一九）退休了的年輪上，推算歲月的流速，

人會老，有些經典書籍卻一再被翻印而至今～

但如果瑞成子孫，本著先祖：勤、儉、誠、信、慈的家訓，一脈相傳，或許這個書局也將邁向第二個一百年……期待在世界各地紛紛關起書店之際，以種子業起家的瑞成可以站成千年巨樹，正在幻想中，綽號「三哥」的許欽福以溫文儒雅的形象坐在我的對面，他是今天「心緣讀書會」二〇二〇年一月例會：電影《寄生上流》的雙導讀之一，他有條不紊、鉅細靡遺地介紹韓國這部突破語言障礙、榮獲奧斯卡六項提名的電影，我很少聽過有人可以從頭到尾把影片情節交代得如此清楚的。他說歸功於他從小就愛看電影，常跟著一個同學走密道進電影院，看免費電影。其實，他的生活圈，正是我從小在中區長大的生活圈，只是我沒他的幸運，那時我只能拉著大人裙裾去看電影，莫非那時他已活在「上流社會」？

我開始專心聽與會會員分享《寄生上流》這部韓片。從電影廣告海報裡，爲何每個角色都用布遮住眼，到社會貧富的差距、到電影中的許多意象，以及上流、下流家庭的分野，並確定它是一部黑色幽默又寓含警世教育的電影。

我也把自己的心得稍作整理：

．上流家庭（朴家）的色系是白的；下流家庭（姑且稱金家，不是因爲窮，而是騙）的色系是黑的。連海報上遮掩的布，朴家人用白布、金家人用黑布。

．上流家庭住地上（明亮寬敞接近天空）；下流家庭住地下（每逢下雨必淹水的房子）。～天差地遠的階級。

．影片朴家位在不斷上爬階梯才可到的山上別墅；金家位在不斷下階梯才可到達的地下室……

．上流家庭的朴太太愚蠢易受騙；朴先生的漠然、很重視越界；朴小弟衣食無缺、卻愛扮演土地被奪、長年受壓迫的印地安人（極爲諷刺……）

．但片中呈現的朴家都不是壞人，至多是朴先生嗅到窮酸味的皺鼻或掩鼻……卻也因而引來窮人金先生的反擊，而遭殺身之禍，那是激化窮人自尊，壓倒駱駝的最後一根稻草。

．金家是被命運拋棄的一家人，完全不被重視的底層。誠如他們說的：「好過的時候，大家都是好人」（意思：飢寒才會起盜心）所以，自私的人性，不會因爲貧富而有所差距，也就是，牽扯到利益就會計較！沒有人想要自私，卻沒辦法犧牲自己的利益。

．沒有人是完全的受害者；沒有人是全然的加害人。

……

討論過此片，我覺得導演並未單純地指責一方，而是要我們省思：

#你在汲汲營營力爭上流的過程中是否傷到了某些人？

#你在享受所擁有的當下中，是否將某些人、某些事看得太過理所當然？

這是一部會讓你笑、讓你感到震撼、驚駭、悲憤的電影，從頭到尾充滿娛樂性，卻無形中塑造了一個警世的寓言。

走出瑞成書局，電影還在心中圍繞……

謝謝心緣讀書會的洪偉銘先生邀我參加他們今年的第一次例會。收穫滿滿！

心有所屬（鼠）～明道中學歲末聯歡晚會

一月十六日

走過五十年歲月的明道中學，其中有我接近四十年的回憶，要移情別戀，也難。

站在寶麗金大廳充滿年節氣氛的裝飾藝術前，和二〇二〇米老鼠留下第一張相片。

正是心有所屬（鼠）～

會場四、五百個教職員工相聚，熱鬧滾滾，這就是明道——好大的中學！

穿過既熟悉又陌生的人群，我走向前面爲退休同仁準備的四桌，看到每一張熟識的面孔，溫度又上升了！

眞好，只有在一起老去的容顏裡，才自以爲不老。

歲月的年輪，輾不去心裡的青春，我們熱絡的面對面，呼喚彼此共同的回憶。

白的是髮絲，紅的依然是那顆赤忱之心：別後可好？

總有一批又一批的新老師，把創意揮灑在聯歡的節目中，三組俊男、美女主持人，是節目進行的靈魂人物，全是可愛的米老鼠造型。今年的創意則是顯現在：

播放事先拍好的各處室賀年影片——最記得的是綜高、高職部主任李匀秋老師的賀詞：「……不管各位新的一年是要招財納寶還是招蜂引蝶或是招妻納妾……最重要的是要『招生滿滿』……」聽得大家呵呵大笑，我想最樂的應該是汪校長吧！

其次是：各桌暗樁一枚紅包的得主，可參加「成語接龍」比賽PK；平日滿腹經綸的老師一上擂台，接受電腦題目考驗，一下子都腦袋空空，十秒時間轉眼到，眞懊惱，只聽到重複幾次的：色卽是空——空卽是色……看來緊張會讓人詞窮！好在不是眞的考試，大家同樂就好。

仍是抽獎、抽大獎、再加碼……花落誰家誰家樂，我們扮演分享者的角色，倒也心靜如水，無喜亦無憂。

今年特別的壓軸節目是：退休老師們的二首合唱曲：

〈廟會〉——歡鑼喜鼓咚得隆咚鏘／鈸鐃穿雲霄／盤柱青龍探頭望／石獅笑張嘴／紅燭火檀香燒／菩薩滿身香／祈祝年冬收成好／遊子都平安……

我們認眞張大嘴唱，台下現任老師認眞聽，喜樂的旋律在寬敞的四壁圍繞，年節的氣氛也彷彿沸騰了起來~Encore（安可！）

〈小草〉——大風起／把頭搖一搖／風停了／又挺直腰／大雨來／彎著背／讓雨澆／雨停了／抬起頭／站直腳／不怕風／不怕雨／立志要長高／小草實在是並不小……

一首勵志歌曲，讓這群經過風雨考驗仍挺直腰桿的老老師們在熱烈掌聲中笑了！

今宵好樂，謝謝校方安排！也祝福明道，在代代老師的薪火相傳中越來越強大……

第一朵八重櫻開花的夜晚——視訊會議初體驗

一月十九日

快兩個月了，庭院的六棵櫻花樹，橫豎交錯的裸枝上，密佈點點花芽，一日看三回，依然花不開，總算在今早發現一朵小小粉紅的八重櫻露臉，她眞聰明，搶得頭香，搶得主人的青睞，否則，在她的同類們花枝招展、群芳競豔之間，她不怎麼奪目的花容，恐怕只有兀自開、兀自落了！

我記住這一朵的八重櫻，是緣自三餘會友在網絡的另一端正好問到：

老師，妳家的櫻花開了嗎？

當然，今晚的視訊會議，櫻花不是主題，但既然有人提起，我們就開始一段櫻花樹下喝酒、品茗的幻想，大家期待整排不同品種的櫻花：富士櫻、八重櫻、吉野櫻、山櫻……一起燦放的午後，在篩落的春陽下來個野宴，

其實，我們心裡更大的渴望是：

可怕的病毒趕快銷聲匿跡吧，大家可以走出家門，再度面對面開我們的會前會！

哪知簡單的「歲月靜好」，竟成爲懸在山崖的蘭花，不易攀折的美麗……

幾個會友，只好各自坐在自己家裡，讓網絡在我們「之間」串聯，因爲是第一次

用這個方式討論，所以既緊張又興奮，一個個上來了，算算前後上來的人數不少，九個會友就這樣開始～起先是夏木裡的嚶嚶嚦黃鸝，此起彼落，間還夾雜無關緊要的對話（原來是開西藥房的會友敏如，忙著應付客人……眞感人啊，一邊做生意、一邊不放棄視訊會議），終於靜了下來，我來個韓信點兵，讓網上的會友輪番上陣……

三月，我們例會要討論的是：《之間》——誠品創辦人吳清友的生命之旅

作者是身為記者的吳錦勳先生。

我把什麼是傳記文學？要注重之點稍作介紹；接著主持人志文、導讀詩雯、指定分享良眞、瑞明……都發表他們在書中看到的、感動到的章節，大家一致讚美作者之筆，眞的能將傳記的眞實性和藝術性緊密結合。

然後我們把此書內容的三部分：〈生命〉〈青春〉〈旅程〉分配給三位「指定分享」，希望在正式例會時，他們可以更進一步發揮，讓全書在井然有序的進行中，帶給會友除了認識傳記中人物的生平，還能剖析其思想行為、精神境界，及帶給我們的感動力量。

一個多小時的會前會就在大家欲罷不能的討論中結束。

我望向窗外，路燈下，那一朵孤單的八重櫻……

希望明天醒來，第二、三、四……朵的櫻花陸續燦放。

我，許是關太久了，期望櫻花樹下，喧嘩的聚會。

每一首歌都走向它要去的地方……

一月二十一日

音樂是一種內心的傾訴，既有傾訴者，便有了傾聽者。

也許這便是「知音」的來源吧！

用一顆細膩溫柔的心，去傾聽歌者那一片無邊無際、廣闊內心世界的語言，透過音樂的起伏、旋律，他（她）是在向你招手呢。所以不管在聆聽曲藝精湛的歌星，或一般素人娛樂的KTV演唱，通常我都會很認眞，因爲這是一種對歌者的致敬。

最近幾天，很幸運的，繚繞在耳畔的都是仙樂般的美聲。

突然希望自己生命一路上都能且行且歌……

之一：百老匯的歌者

我有一個從十六歲高中便在一起的同學熊青華，我們的交情超過五十年。

她是好久好久以前台中市宜寧中學熊校長的女兒，是之前之前超偶第一屆歌唱比賽進入前五名的歌者——潘尚恩的母親。

其實，她是國立藝專美工科畢業的，但音樂的天賦讓她走上歌者之路。

她的故事很長，像她可以拉得長長的尾音～驚人的丹田之力，以腳掌抓地，高亢的聲音直抵藍空、翳入天聽，我怕說不完，就簡短地介紹一下她：

大約四十八歲時，陪兒子去百老匯應徵歌劇角色，兒子因長得過於秀氣，沒能考上該劇需要的「雄壯男主角」角色，倒是她被一個在路上慢跑邂逅的經紀人相中，經五、六關試音，居然錄取了！於是在歌劇「國王與我」中，扮演皇后的角色……同時期，費翔也在另一齣歌劇裡擔任男主角。

她在百老匯待了六個月，才回到她與先生的田納西居所，但從此便在田納西及其他地方或教堂演出，一直到現在……

她每天游泳一小時、重力訓練二小時，始終不輟，這是她爲唱歌做的準備，卻也使她精力充沛，看起來年輕，歌者壽，是眞的！

之二：教唱卡拉OK的老師

他曾是我三餘讀書會的會友，也是讀書會李明蘭的先生——鍾永有。

他們是一對在FB上很閃的夫妻。據說鍾老師是以一首「拜訪春天」打動明蘭老師，並開始展開追求之路，就這樣，鍾老師找到他人生的春天。

爲了五個班的教唱課程，鍾老師終於告別了三餘讀書會。

如果說文字給了生命以長度，那麼音樂便給了生命以寬度，據說鍾老師有百餘個學生，都是很仰慕他的粉絲。人際關係是以樂開展，讓太太明蘭要對抗一大群的粉絲，頗爲辛苦呢！沒辦法，鍾老師是個認眞教學、說話幽默、歌聲優美的老師，在他美妙的歌聲裡，誰不陶醉？我也曾親臨上一堂鍾老師的教唱課：

當一首流行樂曲在耳畔響起，音符似乎化作一個個精靈，激動著你身上的每一個細胞！感覺血液正在燃燒；心跳正在加劇。你不自覺地跟著節拍翩翩起舞，不要感到驚奇，因爲這就是音樂的魅力~也是鍾老師的魅力！

也好，文字編輯著夢想，而音樂以更大的力量，擊打著夢想，讓鍾老師從低頭的點點文字堆裡，昂頭走向一顆顆跳躍的音符，那是對他更大的肯定。

之三：素人歌者在我家

除了先生愛唱歌，我的家人隱藏許多個職業等級的素人歌者。

姪女宗欣，聲音甜美，歌唱技巧一流，在美國紐澤西州，逢年過節常主持聯歡晚會，自己也參加過PK賽，舉凡鳳飛飛、鄧麗君的老歌，繞指柔的嗓音征服很多的傾聽者。當然遺傳自三嫂，所以三嫂至今仍寶刀未老。

外甥侯爵、結田都能唱。也許職業需要、應酬需要，他們有熟練的嗓音，當他們高亢的聲音迴繞時，發覺自己不知不覺間，也隨著節拍起舞，彷彿長出搏擊長空的羽翼，充滿了熱情激昂的力量。

先生的最小妹妹——再雲，更是歌舞精湛的高手。在西雅圖高中數學老師退休後，竟然轉變到一個完全不同的職場工作（不能算工作，應是樂趣），在西雅圖歌舞

團裡幾乎成了台柱，是歌舞劇裡的女主角，也常是僑胞歡慶年節活動的主持人，能歌善舞，她和我先生出生在貧窮的公務員家庭，兄弟姊妹眾多，他們哪有學藝的機會？會唱歌跳舞是靠自己的天賦吧？（小姑說：在美國，40多歲以後，才學了芭蕾……）

尾音

大喜大悲，無不可歌，歌之不足，不覺舞之蹈之～

而每一首用生命唱出的歌，都走向用心聆聽者的耳畔，撫慰受傷的靈魂，成為心靈最美的風景。

新年期間，找幾個好友，在家一起唱歌吧！

#一月二十日——白天在清流部落山鷹露營區，晚上在鍾老師家聆賞百老匯歌劇

#一月二十一日——晚上在百達富裔家聚

莫道是平常，淡中有深意……

一月二十四日　除夕夜

多少個周而復始的日子，多少個來又往的年，不覺鏡裡朱顏改，再抬頭，鬢髮已斑，其實花開不是爲了花落，而是爲了那之間的燦爛……

除夕夜，總守著一爐溫暖的火，從古老與父母圍著眞炭燒的火爐、到以「火鍋」取代的象徵意義，都是在歲末冬盡的除夕，全家人團聚吃年夜飯，祭祀感念先祖保佑一年平安，祈祝來春又是美好一年。

當然「年」也只不過是一個「日」，二十四小時過去，又是一日，跨界的感覺越來越模糊，甚至因爲天天穿新衣、啖美食，不像小時候那麼期盼過年，那時春日遲遲，「年」是千呼萬喚始出來……哪知現在春光乍現就已秋風起兮……

於是更需要在平淡、簡單的年節裡，鐫刻不一樣的記憶，否則怎樣區分二〇一九、二〇二〇除夕夜的不同？

回來的孫子穿不下去年的拖鞋，是不同，他們長大了！孫子，拿到紅包急著數數兒，是不同，他們已知道紅包的意義；兒子在長庚醫院忘年會演唱時，穿勁爆的花西裝，是不同，他的形象突破讓人驚訝……

莫道是尋常，年夜飯你們談了什麼？周圍的親人，幼稚變年少；年少變成熟；成熟變初老；初老……一年歲月總讓我們不一樣，要把握圍爐的燈火，將對方此刻的容顏記住，明朝又是一個新的365天的旅程，今夜，好好歡聚，向往事乾杯，告別以前種種……舉希望的火把照亮前景。

忙碌的兒子，又要回醫院，在醫療的前線作戰，對付最新病毒的肆虐；媳婦也要馬不停蹄日日照顧兩個活潑好動的兒子，他們的辛苦，我知道。

也感謝這一年和我相依相偎的先生，從不吝於協助我，感恩這一切……

寫著寫著，已夜深人靜，你還在守歲嗎？

現已跨界到大年初一了！

時間貞疾馳如電，在此祝福你

新春快樂！

喧囂過後，讓我慢慢沉澱心情……

一月二十八日

這個年過得很不一樣，就像這幾天的天氣，也是風、雨、烈日、陰霾交加。心裡上，是既歡愉又憂慮，怕人多的地方潛伏可怕的病毒，所以打破年初一上廟宇祈福的慣例行程；把第一類接觸的聚會減到最低；家是最安全的堡壘。

我想到遠方的城市——「圍城」變「危城」……居民情何以堪？

兒子又要回到他的崗位去和可怕的病毒作戰；他們的假期結束，準備北上。初三這天的陽光燦爛，讓兩個孫子的眼睇成一條縫；卻讓百格窗下的粉紅、橘紅杜鵑分外亮麗，寶藍色的跑車離開視線，又一次目送背影的離開，越來越遠，我們回到兩人一貫的沉寂世界。

院子裡的春花綻放，屋內一角的蘭花也兀自美麗；擺飾的「蝸牛」彷彿提醒我需要放慢速度，才不會錯過一些美好的東西；如心形般的玫瑰石，來自花蓮海邊，鐫刻著永恆的浪漫；那白色的貝殼，也在訴說著古老的梵音……一對水晶天鵝，見證的是五十多年前兩個高中女孩的友情……不知為何，我的靈感總在碰觸到某些物或人時，就會氾濫得不可抑遏！

而日復一日的精彩，幾乎來不及紀錄，就從我身旁溜過、從我眼簾消失，對許多人來說，或許重複是一種無聊；但我覺重複是一種幸福。

——代表你的日子沒有太大變動，無喜亦無悲，不是最大的福氣嗎？

可是人世間瞬息萬變，「歲月無驚」是很高的奢求，你的家園靜好，而周遭環境呢、世界局勢呢？四十一歲球星殞落，讓你揪心；死於冠狀病毒的人，讓你憐憫；酸言酸語的Line傳言，讓你悲憤⋯人與人的關係何時疏離、仇恨至此！

我關上手機，還心靈一個寧靜。

逝水年華轉眼成煙。我坐下來看老黑寄給我的書《今年開始，人生都是自己的》遊走文字旅行間，遂滋養了我積極、樂觀的理念，他十年退休生活無憾、樂活，有爲者亦若是⋯⋯

回歸兩人世界，靜聽花落、坐看雲舒，那是一種繁華過後的眞淳⋯⋯

五天四夜~我們的旅行

二月一日

沙特說過：「所有存在者都是毫無理由的出生，卑微地活著，最後因某種原因而死去。」人類或許終其一生都無法避免這種無力感，只得脆弱地活者吧！

就像最近，我感受到自己正脆弱的活著。

從兒子一家北上以後，這五天來（1/27-1/31），關在我們自己的島，四周是茫茫的大海，我不想向戴著口罩載浮載沉的人群游去，只有選擇住在島中安全的城堡裡，謝絕什麼冠狀病毒之類的魔鬼入侵……爲符合自己一向樂觀的人生態度，我阿Q式把這幾天的生活美化成：我們兩人參加五天四夜的旅行。

我看一看旅行社推出的春節旅遊路線有二：

一、普通團：客廳↓廚房↓臥室↓衛生間—環線遊

豪華團：樓上↓樓下↓前院↓後花園—自由行

我考慮到最近口袋剛入了兩筆帳：兒子給的「孝親紅包」和先生給的「安太座紅包」還算飽滿，就來個豪華團旅行吧！

我們兩人成團，爲避免旅伴意見不合，同來分手，我們先來個君子之約。

睡眠時間：睡到自然醒，不得催對方起床，但時間寶貴，最遲是上午九點前。

參觀路線：白天可自由出入個人想去的樓層，或穿梭前後院，男可拈花惹草；女可舞文弄墨，不得干預對方行動。晚上則要歸隊，一起行動：或唱歌、或看電視電影；不得熬夜、不准吃夜消，一起上床……才不致影響第二天的行程。

至於三餐，全由太太決定，旣然先生遠庖廚，就要葷素不忌，逆來順受！

開始旅行囉！我最鍾意的還是書房，四壁的圖書讓我流連忘返；選好書，有時在春陽撒落的南窗下、有時在院子麗花前，煮一杯藝伎咖啡，開始閱讀；他則蹲踞在花盆前，喃喃自語：「我把杜鵑挖出移種在花盆，準備下次帶到林口給兒子……」

初四、五寒流來襲，我轉路線到二樓的休閒室，櫥櫃裡除了書，還有些手工藝品展示，我拿著瓷製的「琵琶女」想著白居易對琵琶女身世和自己被貶謫命運的感慨：「同是天涯淪落人，相逢何必曾相識……」還有一座水晶的黃鶴樓藝品，想到如今武漢已被封城……另外引我注意的是美國印地安人雕像、澳洲無尾熊、韓國女偶……這個櫥窗眞是「納須彌於芥子」，幾乎是世界之窗了。

第二天，我欣賞畫和書法。雖都是複製畫，但站在每幅畫前，我仍被吸引。

米勒的〈拾穗〉最令我欣賞的是它的「深度空間」——畫中田野旣深且廣，而且超過尺幅，達到左右及遠方的極限，米勒把空氣中的蒼茫氛圍與穿雲而過的陽光都逼眞的表達出來……而三個婦女的姿態、起伏、明暗……充滿主賓變化、層次與節奏感，厚衣物和厚重土地也呈現呼應。

一幅由法國畫家皮耶．奥古斯特．考特於一八八〇年時完成的繪畫作品「暴風雨」讓我駐足良久，欣賞那對情侶覆蓋著隨風翻騰的帷幔，奔跑在雨中的浪漫……

而兩幅詮釋聖經「愛的箴言」之畫和文字……相互輝映，其中意涵，雖不能至，但心嚮往之：「愛是恆久的忍耐又有恩慈……」

第三天的旅行，巧遇讀書會的會友詩雯、力安和早年學生雅婷。旅途中兩個人的世界一下子喧鬧了起來，好像久旱逢甘霖，我們高興地聊天、合照，也吃了一頓稍像樣的晚餐，說明人不可能孤獨而活，朋友是沙漠中的甘泉……

話說，這次旅行中的餐飲還不錯，香腸、臘肉、火鍋…外，提供的零嘴：瓜子、花生、糖果、餅乾……不斷；水果則柑橘、棗子、葡萄、芭樂……不缺，看來這五天四夜下來，因全程無購物，行李不增，增的可能是自身的脂肪吧！

附記：卡謬的《瘟疫》一書，此刻，最能反映我的心境。

書中描寫奧蘭城鼠疫蔓延了「黑死病」，爲防止瘟疫擴散，該城被外界隔離，城中人設法自救。城中有兩個象徵性的人物生平第一次合作，一個是醫生：代表科學，整治人的身體；一個是牧師，代表宗教，拯救人的靈魂，科學與宗教平日勢不兩立，

在面對災難時，卻攜手合作，醫生握著牧師的手說：「就連上帝本身，如今也不能把我們分開了！」

面對人類共同的災難命運時，是大家要通力合作的時候了～

讓溫暖的人性戰勝令人類恐懼的病毒吧！

至於我的旅行，可能還要繼續下去吧……直到遠方的燈塔現出希望的曙光。

二月，請快快走過……

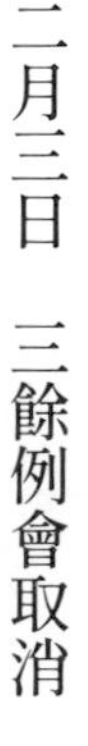

二月三日　三餘例會取消

現在是二〇二〇年二月三日，晚上七點，三餘讀書會例會開始……

我們討論的是王定國先生《神來的時候》

彷彿看到力安導讀，氣定神閒的帶我們進入介紹作者和這本著作~一個建設公司董事長走過商界後，回歸寫作出版的小說之一，繼去年讀過他的《探路》，這是我們的第二本。

王定國小說文字纖細、精準、內斂而又安靜的特質，很吸引我們會友~

咦，怎麼力安的聲音消失了、會場消失了，我驚奇地發現正和王定國許多小說中喜歡安排的「失蹤」情節不謀而合。

他多篇的愛情小說中，喜歡用「失蹤」的梗，來呈現「男性的孤獨」和「女性的蒼涼」……二月三日的例會眞的失蹤了！

親愛的三餘會友，今晚我們的例會取消，本想延一周到二月十日，但高中學校又再延後到二十五日才開學，我們的會場在校內，只好取消這次的例會了，這是讀書會進入二十二年來，第一次的停擺……無奈啊！

以往，我會說：

「二月，請慢慢走過，你有春節紅色渲染的喜樂；你有鑼鼓敲開心扉的歡笑；你帶來親家母麗珍、外甥志鑫、芝嘉姑姑……和先生的生日；還有我們歷經歲月考驗、依然堅定如金石的結婚紀念日……二月你從立春、雨水走來，向驚蟄、春分走去，你是喚醒大地回春的先聲，是溶雪回暖的前兆；你讓地底忍不住探頭的小草帶來生機；讓枯枝上呼之欲出的嫩芽充滿希望……」

我喜愛的二月，以前。

如今，我想說：

「二月，請快快通過，依戀著你寒冷的溫度，可怕的病毒不肯離開；蒙嘴蓋鼻的口罩，限制我們呼吸的自由；酒精浸漬著我們漸漸發白、脫皮的雙手；飛沫以看不見的速度，貼上我們的臉頰；再親密的朋友啊，請離我遠一點！」

結廬在人境，眞無車馬喧，幾天下來，可以人門不出、二門不邁，直到我冰箱匱乏……

我憂傷的二月，現在。

可是，日子總要好好過、快樂過！三餘會友們，雖俯首在病毒下，桎梏在房間裡，但此刻，我們的心可以乘著文字的羽翼，向廣大的世界飛去~

世界上最寬闊的是海洋，比海洋更寬闊的是天空，比天空更寬闊的是我們的心靈，這個月，我們定義爲「閱讀月」好嗎？
請在自己的房間、沉澱心情，讓書籍，
引領我們散步在別人的靈魂中~翱翔在上下四方、古往今來的宇宙間，
你會發現一股安定的力量滋生~尋獲風雨中的寧靜。
二月請快快走過，帶走病毒、帶走恐懼、帶走疏離的人性，把愛還諸天地。

共讀之樂

二月十日

最近，黑夜來得快，噬人心靈的病毒，同時也吞噬掉滿街車流聲，突然陷入一片寂靜的社區，不到晚上七點，已似三更，不出門的我，難道要永夜漂流在無止盡的孤寂嗎？

答案是否定的——無止盡的孤寂，不在宇宙，而在人心……

我的心，被書的靈糧充滿，並不孤寂，擠出更多的夜晚，我享受獨自閱讀之樂。

但共讀的力量更大～

今天就著晨光、暮色，與兩個不同時刻造訪的會友談書、論書，體會了共讀之樂。

每個人對閱讀的偏好不同，之所以會有差異，主要在於個人生命體驗不同，構築而成的思考方式也不一樣，何妨？透過個人切入點不同、視角不同，得到的激盪力量愈大，收穫就愈多；若於此時，英雄所見略同，共鳴一出、拍案叫絕，又是另一境界的快樂。

讀書之樂樂何如？綠滿窗前草不除～
春天，滿眼的綠、滿眼的花苞，希望總會降臨！
我開始等待三月初的例會，欣賞共讀迸發更亮的智慧火花。

心有雀鳥在歡唱

二月十二日

這顆沈寂的心，開始被一隻、兩隻、三隻……吱吱喳喳的雀鳥叫醒，高高低低起伏的音符在心弦的五線譜上躍動，美麗的旋律漸漸回來了~快樂會突圍而出！

A.先生的生日

先生的生日這天，被幾個攜帶蛋糕來的氣功同學們炒熱，他們的盛情是經冬後，蟄伏的春花，突然綻放，那美麗色彩，爲大地帶來生機。

想到一個多星期沒去社區公園做氣功了（我們自己在家練），還滿想念那片腳踏草地，綠樹下，大家一起練功的愜意。

許多簡單的幸福，直到失去才能眞正體會。

現代人的生日，好像不止一天。陰曆的、陽曆的、生日前的週末、生日當天、來不及宅急便的生日過後……，反正，喜悅的氛圍不嫌多！

兒子早在元宵節那天回台中時，便網訂餐廳，吹起生日號角；

然後，不同群組的朋友、高中、大學同學送來電子蛋糕、賀辭不斷，喧騰了生日的前奏；

等到生日這天，吃過實體的蛋糕、唱過生日快樂歌……，才發現年輪又多了一圈，其實到了這個年齡，誰不期望生日遲遲來？紅了櫻桃、綠了芭蕉，流光容易把人拋！

B.外孫的喜訊

陪他去參加各種體育活動之餘，還學了弈棋、黑管、奧林匹克數學……並不忘閱讀！

去年暑假八月~十月在丹佛時，看到一個忙得不可開交的外孫。

而最集中火力專攻的卻是小提琴。

每天在家看他至少要練一小時左右，出外旅遊，小提琴也是隨侍在側。

之所以這麼努力，完全是爲了二〇二〇年二月一日的國中音樂資優班考試！

昨天收到女兒的訊息，知道他考上音樂資優班，

科州排名第二的「Denver School of the Art」

今年有兩百人應考弦樂主修，錄取十四名，他是小提琴組六名之一。

凡流汗播種的，必歡呼收割~

C.張秀亞的《北窗下》

《北窗下》算是當年高中時期十分喜愛的散文集之一。

吸收是發表的利器，如果說今天在寫作上有點心得，要歸功當年不斷閱讀之功。

除了少女情懷發酵成詩、或強說愁的爲賦新詞，其實給我文學養料的播種者：

瓊瑤、張秀亞、琦君、林海音……等人居功厥偉。

年前，因與市一中同學聚會，竟與于德蘭——作家張秀亞之女有一面之雅。

兩個曾經走過一樣校園的女孩，隔了五十多年才開始認識彼此。

當年，讀《北窗下》雋永的詞句，隨著張秀亞詠歎窗外的一枝新綠、遍地小草或暗夜星光時，年少輕狂的躁動竟能平靜下來；而隨著抒寫黎明、新月、落日、花……的優美情境，牽動多年後～一直至今，對大自然有始終不渝的孺慕之情。

德蘭問我：妳還保留《北窗下》這本書嗎？

不敢肯定，我雖很少丟書，但遷過幾次家，沒把握這麼久的書是否存在？

於是德蘭回美國之後，囑咐爾雅寄來第二十版的《北窗下》，

今天，拿到這本書，彷彿見到當年的舊情人一般，

開始想念這位在人生道上給我無限啟發的文學老師——張秀亞，謝謝妳！

也爲能與妳女兒德蘭同行，開啟友誼序幕——感恩。

無情天地有情人間～

二月十四日　情人節

如果不限定在男女之間，情人節是多麼有意思的節日～
廣義來看：心中有彼此，每個都是有情人，每天都是情人節！
阿Q說：二月十四日我已經準備好了一旦發現有情侶吵架，
我就在一旁等著——不是撿玫瑰、就是撿戒指
有時候能撿個手機，
幸運的話
還可以撿個女朋友！
想想也是個不錯的節日。
沒情人的阿花說：
口罩有人搶、酒精有人搶、衛生紙也有人搶，爲什麼就我沒人搶？
話說送巧克力，吃了增胖徒煩惱；給玫瑰，明日黃花添惆悵；鑽石不能吃；黃金
怕被搶，鈔票被禁足（不敢出門逛）……
什麼禮物最好？當然是防疫的口罩了！

學生建豪今早按門鈴，親自快遞送來樸實包裝的25個口罩，

但接下來他溫暖地送過來一句：祝老師情人節快樂！

他知我沒去排隊買口罩……

事實上，他也是站在第一線的防疫人員，但他仍在有限的資源中，留下給我的，

他說：我應該夠用……

令我感動！

愛——在瘟疫蔓延時，我收到最好的情人節禮物。

一個充滿感謝的日子

二月二十五日

走著走著，從第一個二月二十五日不知不覺已到第四十六個……對很多人來說，今天很平凡；但對我來說，今天別有意義。

我不能告訴年輕人：兩個人之可以走那麼長的路，是因爲他們原就是天生的一對。其實他們也經過柴米油鹽的考驗；經過理念不同的溝通；經過傷心落淚的煎熬……但眞正的愛，不是只互相凝望，而是能朝同一個方向看去，並且愛一個人不只是愛他的好，連他的不好也要一併愛了。

從開始，遇見你——生命中該出現的人，絕非偶然……孤注一擲，相信這是生命中最好的安排；原來你也是用一個眼神便定下江山，心海從此平靜無波。

～只要彼此愛過這一次，就是無憾的人生。

別人看我們的愛情故事太平淡、太寧靜，但澹泊明志、寧靜致遠，直到快半個世紀，才眞正體會這個道理，婚姻不待鑽戒的亮光和玫瑰的豔麗來裝扮。

今晚，特別寧靜，燭光下，我們分享小小蛋糕的喜悅，突然想起這首詩：

讓我怎樣感謝你／當我走向你的時候／我原想收穫一縷春風／你卻給了我整個春天

讓我怎樣感謝你／當我走向你的時候／我原想捧起一簇浪花／你卻給了我整個海洋
讓我怎樣感謝你／當我走向你的時候／我原想擷取一枚紅葉／你卻給了我整個楓林
讓我怎樣感謝你／當我走向你的時候／我原想親吻一朵雪花／你卻給了我銀色的世界……

此刻，我也想唱這樣的歌：
當你老了／頭髮白了／睡意昏沉
當你老了／走不動了
爐火旁打盹／回憶青春
多少人曾愛你／青春歡暢的時辰
愛慕你的美麗／假意或真心
只有一個人 還愛你虔誠的靈魂……

都是愛~夜，散落在愛的臨界

二月二十九日

一直覺得：愛，是人生中很難定義的命題。
災難面前，選擇生命或愛？是一種煎熬（像一線的醫生、護理人員……）
擁有或離開才是愛？顯然考驗許多的戀人！
抓在手心或放手讓他（她）去飛，是父母的兩難……
一直記得四年才一次的二月二十九日，郎老師的劇《夜，散落在愛的臨界》要公演。

小年夜（1/23）那晚，郎老師和我在熱線中談了許久，也答應她二月三日的例會上，來跟會友分享編此劇的心路歷程。電子海報都製作了，哪知計畫趕不上變化！新冠病毒以妖孽之姿打亂了歲月的寧靜，一夕之間，天地變色，學校延期到二十五號開學，我們的例會取消……愛，真的消失在午夜的計畫中。

我還是試圖讓會友在Line的群組裡接龍報名，可是矛盾的「去」與「不去」讓接龍趑趄不前，還好有六位——從開始登記到公演之前都沒撤下名字的會友，她們說：支持會長，會長去，我們就去！（感動）

我心裡說：支持郎老師，十年磨一劍，點滴都心血！志文在歌劇院見面時，交換了眼色。我們都是冒著不惜和先生吵一架的心情來的，說實在，早上兒子（長庚的醫生）也打電話來叮嚀：疫情擴散，妳和爸爸別亂跑……句句都是關心、都是愛！

我的確沒亂跑，蝸居在家一個月了（除兩次上市場買菜……）

但如果郎老師的劇沒取消、如果幾個會友們的心意沒打消，我想我也應該去吧！

這也是對愛的堅持嗎？

在歌劇院前，我們留下戴口罩的紀念相片。

劇場內，觀眾滿座，都是爲愛而來的嗎？郎老師最後的致詞，感謝這些「冒死」前來觀劇的朋友，斯刻，我還沉浸在這個呈現在劇中的主題意識：只要有堅毅不屈的靈魂、有堅定不移的情感、有相信黑暗背面的光明，那麼在最黑暗的時刻，仍有人性溫暖的光輝……

故事從揭開「憂傷」的理由開始，一個百歲老翁，經歷過中日戰爭，國共內戰，偕同妻子選擇搭上「太平輪」，準備來台灣實現他的青春夢想，卻抵不過命運的變局，從幸福墜落；因莫須有的罪名，成爲階下囚，五十年生死邊緣、成敗交迭、愛恨交織，從此改變了自己與家庭的運命……

父女之間的情結，劇中安排是以希臘神話悲劇人物伊底帕斯（一個「弒父娶母」

無法逃避命運安排的王）和他重視人倫的孝順女兒來呈現。女兒安蒂岡妮除了陪伴自毀雙目的伊底帕斯流亡異鄉，最後更爲了替自己的哥哥收屍，不惜違抗王命，犧牲了生命。安蒂岡妮在家庭關係上顯得順從，面對世俗的權力卻顯得反抗不屈～如果說此劇完全是郎老師的自我剖白，那解讀這一個孝順女兒的角色無異解讀郎老師的心理因子，我看到一齣很眞實、充滿人生矛盾卻又勇敢試圖突破困境，用愛來化解一切的「蛹之生」歷程。如果女主角便是編劇的郎老師，那麼走過無數次排演的她，在一次次面對痛苦的重溫中，相信已能披沙揀金，達到戲劇療癒的效果。

全劇以時空交錯並置進行，角色打破時序限制，相互對話、詰問，藉由書信般的對話，展現了時間軸縱向的發展；藉由舊日影像，展現了空間橫向的背景。

表面上是多角度揭開「白色恐怖」的眞相；其實更要揭露的是事件發生所有被捲入的生命；表面上反映出難以追溯的加害者；實則在最黑暗的時刻，仍有人性溫暖的光輝～相信此劇已突破《記得．因爲愛》ⅠⅡ，進入完結篇的Ⅲ，無疑結合了主（Ⅰ）客（Ⅱ）觀的視角，找到大時代背景與小女子定位，既悲壯又卑微，可以替許多同樣遭遇的家庭、父親、子女發言的動人故事。

劇中，幾次換景、換角色的穿場，一片的黝黑中，傳來「教我如何不想她」的音樂，我在心中替它譜詞：「天上飄著些微雲／地上吹著些微風／啊～微風吹動了我的頭髮／教我如何不想她？……枯樹在冷風裡搖／野火在暮色中燒／啊～西天還有些兒

殘霞／教我如何不想她？……」

是的，有些人、有些事常常讓我們不得不想起他（它），不管悲傷或歡喜，時間的使者總在跟你對話，他也不斷地在扮演遺忘痛苦、記取快樂的安慰角色，在此劇中，我不得不佩服那個穿著黑衣、不知道自己是誰？的角色安排，讓整齣戲靈動起來的配角（抑或是主角），牽動著整個沉重主題中唯一會令你破啼爲笑的甘草人物，據說，他就是時間，也是另一個自己的影子，他重複你的動作、他旁白安慰的詞語，他斥責你的無知、安撫你的情緒……都讓人動容，直到幕落。

中文系畢業的編劇，畢竟不同。充滿文學密度的舞台劇，不是笑一笑就過了，散場，才是想念一幕幕劇情要說什麼的開始呢！

（記觀賞郎亞玲老師編導的《夜，散落在愛的臨界》舞臺劇有感）

從《之間》談談傳記文學

三月六日

在三餘讀書會3月例會停會之際，我們仍願意以不同的形式發表讀後心得。zoom的視訊開會形式，正在教會每個會友，此刻，文字仍是最好的橋樑。

去年秋天，把談吳清友生命歷程的書《之間》閱完後，留給女婿、女兒，希望在缺乏中文書的科州，讓他們多個精神糧食、多個人生典範。

那時，我已寫過、發表過此書的讀後感。

這次的分享，我想延伸到傳記文學的部分。

·「傳記文學」就是記載以人為主體的文學，記載真人真事的文學。

·以歷史上或現實生活中的人物為描寫對象，所寫的主要人物和事件必須符合史實，不允許虛構。

·在局部細節和次要人物上則可以運用想像或誇張，作一定的藝術加工，但這種加工也必須符合人物性格和生活的特定邏輯。在這一點上，它有別於以虛構為主的小說。

·所寫的人物生平經歷必須具有相當的完整性。在這一點上，它有別於只寫人物

一事、數事或突出性格某　方面的報導文學、人物特寫等。

．傳記不同於一般枯燥的歷史記錄，除了真實記錄外，還必須有感人的力量。傳記是寫人的，有人的生命、經歷、情感在內；可是一旦通過作者的選擇、剪輯、組接，就傾注了愛憎的情感，需要用藝術的丹彩加以表現，以達到傳神的目的。（意即：除了寫實之外，還要有文學藝術的表達技巧）

．傳記文學一般採用散文的形式和手法，有的和小說接近。

在我讀過的傳記作品中，我認爲《史記》的作者——司馬遷，是寫傳的高手。他的七十列傳裡，記載不同階層、不同類型的風雲人物，都讓每個人物的音容相貌、喜怒之情躍然紙上，所以在大學修過《史記》之後的半個世紀，我還清楚的記得戎馬一生終難封侯的〈李將軍列傳〉；描寫荊軻、專諸……等慷慨悲涼的〈刺客列傳〉，他對於人物的刻畫注重語言細節描寫，通過正面描寫與側面描寫、特寫相結合，突出人物形象，讓我讀過便難忘。

而學生時代私下閱讀過的傳記，最喜歡的是榮獲當時中山文藝獎三冊（上、中、下）的《弘一大師傳》喜歡他一生截然不同階段的生命情調，愛情的真、藝術的美、宗教的善……都被他如實嚐遍，灑脫丟棄，成全最後的「天心月圓、華枝春滿」！

少女時代，也閱過皇冠出的《蔣碧微回憶錄》，愛上她深情的告白。海棠般氣質優雅的蔣碧微，十八歲和畫家徐悲鴻私奔，旋又被棄；和悲鴻留學法國時，和張道藩一見鍾情，卻因羅敷有夫不敢斷然隨他去，（碧微留下諾言：等我六十歲，就嫁給你）豈知六十歲前一年（碧微五十九歲），道藩卻另娶他人……蔣碧微臨終前一瞥，床頭那張《海棠》是悲鴻送的；道藩的《海棠》掛在客廳，這輩子她背負了感情的迷惘…道藩是過客，悲鴻才是歸人……

不知是「少女情懷總是詩」，還是「哪個少年不多情」？總之，當年，被這本蔣碧微回憶錄深深吸引，確定美好文字是寫傳記不可或缺的條件。

至於描述誠品創辦人吳清友生命歷程的傳記書《之間》，其出版醞釀了四年，撰寫者吳錦勳與吳清友也進行了長達三年的訪談。吳錦勳曾是文字工作者（記者）其生動的描寫，不在話下，尤其三年間與清友的朝夕相處，從生活到職場；從當下到過往；從他鄉到故鄉；從本人到親人；從外貌到內心……無一不了解，彷彿心裡就進駐了一個吳清友，一個走過六十八年生命的吳清友，一個創辦誠品來關心眾生、尊重眾生和「自我完成」的吳清友，就這樣連靈魂、理念、人生觀…都可以被如實呈現的一本書，當然是好的傳記文學了。

何處是桃源？

三月十五日

那年我們來到小小的山巔／有雨細細濃濃的山巔／你飛散髮成春天／
我們就走進意象深深的詩篇／你說我像詩意的雨點／輕輕飄上你的紅靨……
三月，適合拜訪春天！
記得武陵農場紛飛的櫻花，還燦放在去年的相簿裡
周家庭園陽光下，碧草如茵，灑落我們多少的笑絮蜜語
梔子花苞累累、紫藤努力伸展柔荑，較勁著誰先開花
而山坡上，小溪畔，盤據成杜鵑花海……
今年我又來到你門前／你只是用溫柔烏黑的眼／輕輕地說聲抱歉／
這一個時節沒有春天！
整個世界按下停止鍵後，春天就消聲匿跡了，即使天元宮、阿里山的櫻花依舊、
即使芬園黃金風鈴花燃遍天際、南方城市道旁的木棉點上煙花、列隊等候閱兵，
但在我的心中，仍然沒有春天。
不是過度悲觀，也非消極，而是發生的災難從沒斷過！

以為中國最嚴重、又來個義大利、韓國、日本、巴西……連文明的國度美國、歐洲……整個淪陷。

．西雅圖的姪子宗民、秀珍夫婦取消二月的遊輪之旅，到台灣來，那時台灣有確診病例，西雅圖無，於是加錢換成四月初的機票要返美，豈料三月中旬，他們住的西雅圖淪陷，已有三十個病逝案例，台灣反因防疫嚴謹，西線無戰事，他們是否該再換機票延期回美？

．華盛頓州、加州、紐約州…連女兒住的美麗科州，都有愈來愈多的確診人數，死亡逼近這號稱偉大文明的國度！姪女Cindy在紐約當物理治療師，不惜上諫老闆，執意要戴口罩以防身，保衛自己也保護病人，她的陳情表最大的論點居然是：沒有性病的人，不能戴保險套嗎？理直氣壯下，她力爭戴口罩的訊息，居然上報！結果不管西方角度的同意與否，她現在居然可光明正大、也鼓勵她的病人戴口罩，她真口罩英雄也！我甚至質疑起這個世界的矛盾：在東方（中國……）不戴口罩會被揍；在西方（義大利、奧地利）戴口罩會被揍，父子騎驢的故事一再重演……何所措其手足乎？

．歐、美人不搶食品？只囤積子彈？

其實，我從頭到尾都堅持：人性是不分地域、無關貧富的，只是時候未到。亞洲災難先，搶口罩、衛生紙、米糧時……西方國家看成笑話；

等到歐美開始搶民生用品囤貨時，

line上朋友問：德國也會搶買民生用品嗎？

先知管子，早在二、三千年前就說過：「倉廩實而知禮節，衣食足而知榮辱」

大難來臨時，誰管「先來後到」之理，澳洲白人不也為搶衛生紙大打出手嗎？

倒是日本人在海嘯非常時期，購物仍井然有序的排隊，讓人嘖嘖稱奇！

但這是否是壓抑的種族習性？相信誰也學不來！

回到我美國女兒、姪女、朋友們的聊天，知道他們那邊也很緊張，一下子優雅的人也要去COSTCO、亞洲超市搶購衛生紙、清潔用品或食物，聽說物價都大漲，學校各州規定不同，外孫停課到四月初，線上教學成為主流……

這時，我突然看到她們的結論：台灣最安全了！我們想要唱這首歌～

台灣好～台灣好～台灣真是復興島！

愛國英雄英勇志士～都投到她的懷抱……

真的，我還可以上傳統市場買到想要的一切食物，

可以在家悠遊看書、看電影、喝咖啡…他可以在陽光下蒔花除草，還哼著歌，

天空好藍（停工嗎？）、家花任賞（現在家花比野花香又安全）、鳥啾盈耳……

原來，此時，青鳥就在自己家裡，

原來，此刻，台灣就是世界的桃花源。

#後記：感謝時鐘（中）按時守更、報更；感謝疾管局十七年磨一劍（記取SARS的教訓）負重前行；感謝包括兒子等一線防疫醫生們的努力作戰，我深深配合「在家、在家、在家」的叮嚀，

因爲只有守著陽光、守著家園，才是最好的防疫！

小蝦米對抗大鯨魚實錄

三月二十一日

在紐約的姪女Cindy Lin，
終究有台灣人的憂患意識，從事物理治療師的她，深知：
唯有先保護自己，才能保護她的病患，
但在東西方不同文化背景下，一張口罩套上口，無比艱辛的過程……
佩服她的勇氣。

#經她同意轉載她奮鬥的過程

我的口罩之亂之前情提要：
我的公司每年秋天都有要求員工要打流感疫苗的規定，
但是，若因爲有過敏或是宗教因素而不方便注射疫苗的員工，
那就必須戴口罩上班。

三月十一日，因應疫情，我開始在工作的時候戴上口罩爲患者做物理治療。覺得這也是剛好符合公司的規定。

三月十二日，因爲前一天戴口罩，一大早就被叫去關心一下。結論是上級指令不

許上班戴口罩，還要我的診所經理將口罩上鎖。

我一氣之下回經理：是否只有性病的人，才需要戴保險套？

以及恐嚇：若不給戴，我就留職停薪。

最後經理讓步。

晚上回家後，我寫了一篇有如論文般的電郵去和老闆的老闆的老闆理論。

三月十三日，基本上，上級回應說口罩是要保護患者而不是要保護員工，所以不能戴。就算已經有了社區感染，我們也不需要主動的去更改個人防護裝備的使用方式。（眞的是左手一根手指頭，外送右手的另一根手指頭）

三月十四——十七日，一肚子火的關在家，看新聞寫抱怨文。

口罩之亂再續集

三月十八日，回到工作崗位上。大部分如舊，公司不但沒有提供員工任何防護，連州長的8pm宵禁也有聽沒有懂的安排患者到8pm的極限。

差別只是把雜誌扔了，然後有洗手液在櫃檯供患者使用。

再來我就被告知我們公司的規定改了。

以後就算流感疫苗沒打也不用戴口罩上班！

很顯然，公司因爲我去找他們理論也發現自己的規定有矛盾。

紐約市光今天就增加了九百多個確診病例，
眼看鎖城可能就快要執行了。
可是我的公司還昧著良心堅持說是個維護患者和員工健康的公司，
只是無論何時，
我們工作時就是不能戴口罩。
這無情愛錢又不把員工患者健康當一回事的公司，令人大大失望，很想拍桌子走人！

#我繼續堅持上班時間戴口罩
#全診所沒人陪我
#我孤獨的戰役
#公司的老字號蕩然無存

自得其樂

三月二十一日　會友美玲帶來的快樂

如果當下問周遭的人：你幸福嗎？快樂嗎？我想答案大多是否定的。因爲何來幸福快樂？疫情席捲全球，每天都有人死亡、封城、封邊界、自由受限制、搶購物品、槍枝……彷彿末世就要降臨。

但是，哈佛大學很受學生歡迎的〈幸福學〉——猶太裔以色列教授塔爾．班夏哈說過：快樂是可以學習的，像小孩學走路，跌倒是必然的，把負面情緒當理所當然，慢慢去適應、克服……

他認爲：成功和金錢都不能保證帶給我們快樂，快樂來自於和我們關心以及關心我們的人相處，包括家人和朋友，從中，學會感恩和欣賞是快樂的關鍵……

再問一次：今天你快樂嗎？

我的答案是：今天我很快樂！

其一：拍照的快樂

陽光正好、微風正好、花開正好，一個美麗的會友美玲來得正好，時鐘一分不差，指著上午九點。

那時，她已捕捉到粉紅、嫣紅杜鵑花燦笑的臉、欣賞了黃金石斛蘭婀娜身姿、以及垂掛在櫻花枝條上，有著密密麻麻髮絲的松蘿……

她是二餘最後一個到家裡來領書的人，把六本書攤開，旁置椰殼爲盆、植有小小藍色星子般眼睛的海豚花，一下子美麗起來～我常說：美玲是美神，手似魔杖，一點畫，所有俗物都有了靈氣，我們就在庭院裡玩起自得其樂的遊戲，拍照、拍照、再拍照……正面、左側、右側、往上看、往下瞧……獨照、合照，眞是把朗日、綠樹、紅花、群書，我和她，甚至佇立在屋頂上的一隻小小鳥都收羅成永恆的畫冊！學會欣賞周遭的一草一木，眞是快樂啊！

其二：烹飪的快樂

美玲來時，除了那兩盒大甲有名的奶油酥餅，還帶來許多的菜——番薯、番薯葉、小黃瓜、蛤蜊、九層塔……心想：妳也太貼心了！怕我斷糧餓著嗎？

大概知道防疫期間我很少外出，幾乎一個星期才出去採購一次食物。

這下子，巧婦不再難爲了！既有米糧、菜餚，我的揮灑空間就大了。

涼拌小黃瓜：蒜末、薑末、紅辣椒絲、加上浸漬梅子的酸甜汁一淋，大功告成！

燙番薯葉：水滾，放入綠油油的番薯葉，醬油、麻油、油蔥酥，色香味俱全。

炒蛤蜊：作料備好蒜末、薑絲、紅辣椒絲，撈起浸過鹽水的蛤蜊，油熱快炒，加九層塔，起鍋……

清蒸澎湖海鱺（也是鄰居好友送的）、剝皮辣椒雞＋木瓜＝微辣香甜的雞湯、番薯飯……

山珍海味莫過於此了，應跌破多少人的眼鏡吧！原來打字的手會下廚調羹，至於美味與否，只有先生知道！你看，遠庖廚的君子，竟然飯後自動將滿桌油膩的鍋碗瓢匙……洗得乾乾淨淨，沒有不甘不願的臉色，可見：「要征服男人，先征服他的胃」所言不虛啊。

黃昏，坐在院子，春風微微，又是不冷不熱，正好。

喝著喬麥茶，配上美玲送的奶油酥餅，幸福快樂的感覺油然而生，無懷氏之民歟？葛天氏之民歟？

原來，快樂就是：

只聞花香，不談悲喜；喝茶讀書，不爭朝夕！

你的名字～在風裡、雨裡、陽光裡……

三月二十七日

歲次庚子，不太平靜之年，各地疫情尚未見趨緩的態勢，
安守在家，無所作爲，便是此刻最好的作爲。
一個多月來，守著家園、守著陽光——不敢遠遊。
但，有一個聲音來自遙遠的山顛、來自遠古禮制的呼喚，
終於，在清明掃墓人潮上山之前，我們到了三芝龍巖。
三月末的櫻花大多謝了，猶留幾枝殘紅，倒是整排奼紫嫣紅的杜鵑、印度牡丹亮眼，而我偏愛一蕊蕊綠葉間潔白的流蘇。
如果說櫻花要告訴我們的是：生命是卽生卽逝的短暫，
那麼雪花般的流蘇要我們：記住往事美好、如潔白無瑕之初心。
行禮如儀是每年的重複，像四圍不變的青山；而朝暉夕陰的不定，是人事的牽動。
流光如水，沖刷掉你、妳、你……的名字，但風裡、雨裡、陽光，
你依然如蝶、如絮、如塵、如煙……環繞在此仙境，永遠安居，

雖說你不在意被遺忘的名字
但我們仍花了一個多小時，細心地用一抹金色，塗抹你褪色的名字
你的名字，提醒我們：
你曾來過，曾在我們的生命中發光過~

#清明在三芝龍巖「霞山雅緻」祭祖有感

這刻，我們心湖泛著美麗漣漪

三月三十日

大概兩星期前，丹佛的女兒告訴我們：美國政府下令孫子、女不可探視祖父母。依她的善解是：怕孫子、女把病毒傳染給年老、免疫力較差的祖父母。

沒錯，六十五歲以上的老人，在美國加州是被禁令要居家、不可外出，以免染病。

看來，台灣的防疫做得不錯，沒規定我們不能出門，但兒子在第一線，看到病情嚴重性，每次打電話來，都叮嚀：別外出，要大流行了！我倆為了安他的心，真的守在家裡，除非買菜、添購物品，絕不外出。

但為了清明掃墓，我們還是北上到三芝龍巖。

選擇周末之前（禮拜五）上山，然後入住兒子家，兩個孫子看到我們載歌載舞、既奔又跳，爺爺長、爺爺短的高興樣（才知奶奶名列第二），慶幸政府沒下禁見令！於是又多住了幾天，也提前幫媳婦過生日……

以往，我們的生日宴都在外面訂餐廳舉行，這次，為了安全，就在家裡。

兒子是廚藝高手，幾天來，吃的不是照燒松阪豬肉、就是骰子牛、薑燒伊比利豬肉、酥炸花枝丸、泰國蝦餅、蝦米高麗菜……總是有名有姓的，不像我只燒清一色的菜餚（除了會加蔥、薑、蒜……），沒什麼變化。

週日晚上，在媳婦二廚的協助下，大廚阿方師上菜了，外加特選白酒、草莓蛋糕、水果拼盤…雖非大魚大肉，卻都是美味十足、清爽可口。最近兒子天天戴N95口罩、護目鏡、包得緊緊的防護衣，出生入死般在前線防疫，壓力之大可想而知。他說：有醫護人員的鼻子都戴到快爛掉了，有人便在鼻子上貼人工鼻，而N95戴一整天，眞的快窒息；防護衣十分燠熱……對每個來看診的病人，還要防衛，怕他們隱瞞，免得碰上確診者……還好，兒子遺傳了我的樂觀，用兵間依然談笑自若。我想，他每天上班回家後，累是累極了，但摸摸廚房工作，大概是他抒壓的一種方式吧！別輕看廚房工作，老子說：治大國若烹小鮮（治理大國就像烹調美味的小菜一樣。）其中一定隱藏著大道理，非用心者無以致之。

而孫子纏著祖父母，天經地義。

白天陪孫子騎車，這是爺爺帶的孫子；晚上陪孫子看書、玩文學遊戲，這是奶奶帶的孫子，希望我們的孫子頭好身體壯壯，這是普天下父母、祖父母的期望。

在此，感謝兒子有個運籌帷幄的妻子，讓他可以決勝千里之外。

感謝生下媳婦的親家母、親家公，把她養育成人、教育成功，成爲兒子的好幫手，讓兒子無後顧之憂；讓孫子在浴滿母愛光輝中長大，成就一個家的圓滿。

從段譽大理國來的古茶樹普洱茶……

四月十七日

爲了吸引你看此文，我不惜找到這樣的題目；如果你還是放棄看內文，那等於你放棄了對善良的肯定。

隱藏在普洱茶背後的故事，仍要從我那個教學生涯中，很特殊緣分的第一屆導生——蕭明道談起。

昨天傍晚五點左右，蕭明道託他的學生林先生（在股市裡，蕭老師很有名、有許多學生）送來一桶七餅的普洱茶。普洱茶，我曾從雲南西雙版納買回來過，也在無數朋友家、餐館喝過，但看到眼前堆疊七層大餅的包裝，還是第一次。

我那個每年至少捐公益台幣二千萬元的學生，全省許多縣市漆有他名字（蕭明道、或他的代號「衆生圓融」）的消防車、復康巴士滿街跑，還有竹山玫瑰天主教堂、南部孤兒院、幾所大學……都有他的捐贈，他最常說的是：取之於社會、用之於社會，由於對數字的敏感度，他從大二起就投身股海，當然也曾在金融海嘯中滅頂……幾次翻滾過後，他成功了！金舒毯、創心醫療……讓他有餘裕幫助普羅大衆，他的故事很長，我寫過。他之所以不斷濟世的理由是怕「德不配位」，他說：「我得那麼多，怎能不捨？」

於是就有了緬北佤邦普洱茶的故事。

金庸小說裡，段譽的大理國＝佤邦＝全球最大的古茶樹生態林。那裏是數十萬棵、百千樹齡、三層樓高的茶樹始祖。老欉出好茶，大家皆知。

國際和平禁毒基金會鍾理事長二十五年來，致力於協助緬北邊境佤邦族群擺脫孤立窮困的生活，讓他們不再爲生計而種植罌粟花，改而採收當地豐沛的野生天然資源——喬木古樹茶。只是，從發心到行動，期間充滿了重重的困難與挑戰。

我的學生蕭明道便是在此時伸手義助的。

～「我們喝茶健康。孤兒溫飽安康」

這是販售佤邦喬木古樹茶的初心。

要知道，兩百到五百年的古茶樹，長在緬北佤城自治區原始森林裡，茶葉兀自生長、蓊蓊鬱鬱；若沒有採購者、產銷者，那苦難地區的農民就無太大的動機去好好經營、採收（雲南亦然），便只任茶葉兀自枯乾在原始林裡。此刻，我的學生明道，將所有的普洱茶四千公斤全數買下，公益賣出三千公斤給佤邦，蓋希望小學（第一所眾生圓融小學），另外一千公斤船運回台灣私人收藏。

夕陽下，我看著這從緬北佤城運回台灣，又輾轉從台北送到台中我家的普洱茶餅，我彷彿看到佤城農民滴著汗珠採摘的情景，而那即將以明道的代號「眾生圓融」

爲名的第一所希望小學，也在六月就誕生了，想到那些可愛天眞的孩子們可以快快樂樂進入知識殿堂，從此展開不一樣的人生旅途，我除了微汗的眼角，心裡是微笑著。

不管當年那個年少輕狂的學生明道，曾讓我頭痛過、付出過…卻顧所來徑，一切都値得。

接下來的是：我原想請大家來喝這珍貴的普洱茶——暫停邀約～

明道送上一則line：

老師，未陳化之前，無法感受它的好，請放在通風處所十五年再說……

原來品普洱是飲熟放生，生茶存放通風一年以上，才能去澀出味，普洱性涼，西北缺蔬果，是民生必需品，南方潮濕，適可而飲……

看倌朋友們，若我夠長壽，期約十五年後，我們再一起品這來自段譽大理國產的普洱茶好嗎？

#其實喝茶其次，替緬北佤邦剷除罌粟花，開拓六大茶山，讓他們有採茶、製茶的就業機會；讓當地兒童有小學可上才是本意，請也跟我爲學生明道的善行拍拍手！

心荷綻開的那個午後時光

四月十八日

幾個零確診，堆疊出我的一點勇氣，加上讀書會會友惠珠的誠意邀請，我在人間四月最美的一天午後，來到晴鴻藝術空間，赴一場荷花的盛宴。

我像「晴」空裡的飛「鴻」，有著脫離樊籠的自由感覺，Stay Home是我對防疫第一線兒子的承諾；也是乖乖國民對政策的配合，所以非不得已，絕不外出。

現在，我居然站在位於五權西三路的畫廊前。還好，畫廊前是開敞的門窗，面對滿園春樹的綠，即使戴了口罩，依然可以感受到四面風的清靈，在春的光豔中，交舞著、變化著。幾個畫會的朋友們約好穿白、黑色的衣服，因為她們知道正隆老師永遠一襲黑袍，是為了靜定滿室飛翔的繽紛色彩？抑或是最單純的黑、白，可還原世間的沉寂、以配角的低調，烘托出滿室五顏六色的美。

陳正隆當代水墨畫家，一九六八生於彰化，字行一。記得與之擦身而過，一次是在明道中學校友會上、一次是在讀書會會友惠珠嫁女的婚宴席中，他一副仙風道骨的居士穿著，讓我肅然起敬；而身旁的太太也如是裝扮，以為他倆是同門修行的兄妹。但光淨的臉龐、藹然可親的輕聲細語，彷彿來自一片沒有喧囂的淨土，亦如他善畫的

荷花

～出淤泥而不染、濯清漣而不妖……

幾個讀書會會友都是跟他學畫的。有的在道禾水墨班；而惠珠、淑娟、金鈴……則是他私下開班授徒的學生。看到幾年下來，朋友們在他的薰陶習染之下，個個都成氣質美女，或許我該早點拜他爲師啊！

所謂「師生」之稱呼，會隨時空移轉而改變。

他從明道中學美工科畢業是民國七十五年，推算一下，那是我到明道任教的第十五年，也是進入《明道文藝》擔任編輯的第三年。我對《明道文藝》每月出一期的雜誌，很是喜愛它封面、封底、封底裡的畫，因爲老校長喜歡挑選知名畫家的畫來對學生進行美育。我便常替那些畫、畫家做文字介紹～黃君璧、齊白石、徐悲鴻、席德進、常玉……一些些鑑賞的底子，就來自於那時的吧。

說遠了！我要說的是：正隆和我，若相識於民國七十五年，那時我是師、他是生；可是畢業離開明道後，他一路潛修、努力…在繪畫的道上，他會隱於烏日、教小朋友繪畫；蹲身是爲了躍起，他辛苦了！但幾個因素卻也讓他成功了。

少年成長於竹林茂密、竹影錯落的鄉間、有了竹子美感的啟迪；求學期間得恩師的引導；加上自己千錘百鍊的功夫，他一步步邁向成熟的繪畫之路。

從寫實的奠基到寫意的創新（爲畫荷花——不惜種荷、賞荷、置身荷花畔畫荷……到後來的頓悟，丟棄荷之物象，把所學的東西全部放下，一切歸零，回到最初心，以眞誠、恭敬之心去面對創作的對象，那一刻、當下便是他最好的作品）

二〇一七年，他已躋身全球五百大水墨畫家之列。

夫子之牆數仞，不得其門而入，不見宗廟之美，百官之富。得其門者或寡矣！我現在正是在門外仰望夫子數仞之牆，不得其門而入的子貢啊！

可見：「道之所存，師之所存也」。在此，我願是替正隆老師磨墨侍硯的學生。

進入畫室內，四周呈列老師一系列荷花作品，題爲：綻放。

時序進入春天，他在中興新村松濤園不分晨昏、不論晴雨，一路循荷花美麗的倩影而去，亮麗光影下，荷花綻放生命的極盛樂章；黃昏夕照下，荷花是上了柔焦的溫和慢板；雨中的荷花，則是潑墨揮灑下的繁弦急管……我沉醉在每一幅都是壓克力彩繪成的荷花，她們共同的名字叫「春居」叫「綻放」……

「荷花荷花幾月開？」彷彿我拉著小時遊伴的手，繞圈子走，問那矇眼蹲踞圈內中間的小孩，「三月開！」不對，「荷花荷花幾月開？」「四月開！」不對，「荷花荷花幾月開？」「五月開！」不對，不對……

荷花應該從春天開到盛夏~到秋冬……到永遠~

因爲眼中荷已成筆下荷、筆下那一刹那，就成心中荷……

正隆老師，爲我畫荷的瞬間，便是永恆的心荷。

那個相逢的午後，我的心花綻放如一朵美麗的荷！

#當代水墨畫家陳正隆創作展4/3-5/3 12:00-18:00 晴鴻藝術空間

#藝百風華——彰化縣美術家接力展——百棒聯展4/11-5/31

粘仔的家具行~團體療癒的過程

四月二十四

其實叔本華的眼淚只掉了幾天…

（《叔本華的眼淚》是三餘讀書會四月閱讀書目）

以爲四月都會沉浸在叔本華眼淚中，但看書速度還算快，中旬已換成德國媳婦的故事，接著是「正好文化出版社」寄來《純素天堂》，感念編輯謝依君的盛情，這已是她寄給我的第二本贈書了，一定要回饋她——我的讀後感。

原以爲靜態的防疫日子，是和書互動、對話，也是安靜守候文字的最好時刻……

豈知學生明道送來的佤邦普洱茶吹皺一湖春水……

很多想和我對飲的學生、同事、朋友都期約十五年後，但十五年是不是太長了呢？

明道知道後，馬上Line我：老師，不用等那麼久，我馬上帶民國八、九〇年可以喝的普洱茶、和金門陳高兩瓶（老師的聲譽早破產，很多學生知道我喜歡58度）給妳喝，順便把班上同學揪來，到粘仔家聚會聊天……

非常時期，不敢去台中市餐廳；就是平常時期，其實，明道每次從台北下來，總

喜歡欽點去粘的家具行聚會。就這樣我第一屆初三八班的導生和只多他們十歲的當年鮮師——我，無數次的小型同學會，都在台中市大里區粘仔的家具行舉辦。

一方面是場地大，兩百坪的大賣場，蓋了三層樓，第一樓有沙發、桌椅、餐桌椅、神明桌……二樓是更完整的客廳沙發、桌子各色組合；三樓則是臥室櫥櫃、彈簧床……等，粘仔是老闆，很幽默，常說：我們八班的同學會可以在我家舉行，樓上每人挑自己喜歡的床睡，但要叫小姐陪的，我不負責，自己叫……

學生們都活到當阿公的年齡了，談話葷素不忌，誰也不把我當女老師對待！

這個下午，除了粘太太一向的好廚藝展現，就是美酒加咖啡和好茶不斷，直把休閒室喧騰成當年初三八班的教室。

其實，從他們初一起，我就不是他們害怕的導師，何況現在？一個個比我有社會經驗、人生智慧，若時空推移，溯游過歲月之河，回到那個始發的岸頭，我仍願是個溫和的舟子，帶他們無懼無畏地泅泳在人生之海~雖險峻卻充滿無限可能……

粘仔是初二時，分到我班的學生。（初一是男女合班、因有男女生談戀愛的問題，初二開始男女分班，初三又因減了一班，再分一次）粘仔來自純樸鄉間，父母後來在烏日租屋開了一家小小家具行，刻苦營生。粘仔從小身強力壯，他常說：我那時只喜歡下課十分鐘可以打籃球！因此，每當下課鐘聲響起，他便抱著籃球衝到籃球場上廝殺一陣，然後在上課鐘聲裡衝回教室，可想而知，老師教什麼，他幾乎都在頻頻點頭（打瞌睡）中過去，他說：我那時上課一條蟲、下課一條龍。但因爲他一直是我心目中很聽話、循規蹈矩的好學生，我很喜歡他的個性。一向，我不以功課論英雄，現在想來，在以升學掛帥的年代，是不簡單。我向自己過去的成熟度致敬。~

但我班升學率還是很好，記得畢業五十七人，考上省一中二十一人，省二中十一人。

我當然喜愛功課頂尖的學生，但我對唸不來、卻已經盡力的學生向來不放棄，其實，行爲正確否？才是我最關心的問題。

後來粘仔去唸了高農，很快當兵、娶妻，幫助父母經營家具行，一步一腳印，如果說：明道的每天，是在上下起伏的線條中決定勝負；那麼，粘仔的每天，是在流汗出力的搬動家具中安身立命，我覺得人各有天分，走出一片天後，無分軒輊。

這天下午，我還是班花，一群花甲男子討論男女夫婦的問題、討論健康的問題，突然覺得：他們也老得太快了吧！當年他們可是年少輕狂、意氣風發的呢。

現在的問題居然是：「如果你去大陸出差回來，你太太問你有沒有找女人？」回答有，家庭革命；回答沒有，太太不相信，你該如何作答？

或云：聽說沒找的是變態！或云：我太太根本不會問（眞好！）

最好的答案居然是：我的錢不是全過在妳名下了嗎？而且妳也知道我現在是做不來、沒能力的人，妳不是最了解？！惹得滿屋大笑。

還有張生說：我現在行動不便，被醫生判定有初期阿茲海默症，所以太太趕我出去，我也沒地方去，因我已變「家畜」〜就像我家那隻關在籠子的寵物貓，放牠出去，牠沒走兩步就回到籠子，還自己把籠子扣上，又是惹來一陣譁然……

今天，那個霧峰林家花園後代的林仲恭，居然沒來，原來是因爲去醫院做復健，他車禍後，脊椎已開過第三次刀，血淋淋的照片，常惹得群組的人抗議拒收。想當年最好動的他，現在只能坐在輪椅上……那個卜課追追打打的他，如今安在哉？我們都希望他趕快站起來，不習慣他這麼安分守己呢！

明道一、二十年來的白斑症（免疫系統失調），居然在醫生判定終身好不了時，有了改善，這次，才讓我們有機會跟他合照。他說是因爲六年來，每天睡金舒毯的緣故（非廣告），他突發奇想，想送給兩個身體有恙的張生、林生…這眞的又是善舉一椿，希望他們能趕快好起來，同窗之愛，令我感動。

粘仔的家具店，療癒了我們這一兩個月被病毒爛壞的心，就像《叔本華的眼淚》一書中，作者歐文．亞隆另一線描寫的團體治療一樣，走出家具店，彷彿重生。

在《純素天堂》遇見的小公主～希望有一天台灣是座VEGAN

四月二十六日

打開這本圖文並茂的書——《純素天堂》，我彷彿遇到了小公主。不知爲什麼，這本書，會讓我想起法國作家安托萬．聖修伯里的《小王子》。對我來說，一九八一生的作者徐立亭不知看過、喜愛過小王子嗎？但她的書，對某種理念的堅持、對美夢的追尋，一如小王子般，既世故又純眞，看起來是在說給大人聽；卻又是童話般的引人入勝，所以我稱她小公主。

以理性的分析、以科學實證，勸人吃素的文章太多太多，但不知爲什麼，內心的反省總敵不過眼前山珍海味的色誘，薄弱的意志力崩塌在酒肉之間，想是自己沒有慧根或宗教力量的約束，但老子的「五色令人目盲，五音令人耳聾，五味令人口爽⋯」又似理直氣壯指出普遍人性的弱點，我的確是擁有脆弱人性的凡人啊！但人間自有天使～

她5.5歲的那年，跟媽咪上菜市場，看到屬「雞」的朋友：

她的眼睛 眨了眨／像打暗號那樣／熟悉、調皮、神秘

隔著鐵鏽色的條框／瀰漫鐵鏽色的氣息／再一個眨眼／那昂首挺立就枯萎了……

那夜，晚餐的圓桌上／我把飯碗藏在桌下／每當大人們挾來／那些末日的殘骸

我聞見了鐵鏽味的背後／無聲無息 卻撕裂天地／的悲鳴

那眨眼瞬間的暗號／像青梅竹馬的勾勾／我們是朋友你想起來了嗎？

當小公主五歲半時，就悲憫從市場帶回來的活雞，一瞬間，變盤中飧的慘狀……

我會想到電影「巨人」中的那個小童星，看到白天昂首闊步的火雞，突然變成感恩節那隻上桌的「烤火雞」時，嚎啕大哭的鏡頭……

惻隱之心，人皆有之，但是怎樣的環境，讓我們的柔軟心不見了？

小學二年級時，她和同學怡君騎腳踏車快樂上學，常在大樹下泊車吃點心，她說：我的是饅頭或水果；怡君常是家裡煮的雞蛋，

正當我準備一口咬下饅頭時／怡君扯開喉嚨放聲尖叫起來／甩開手裡的蛋猛一轉身跑開／我沒搞清楚也跟著她和著尖叫與奔跑／直到兩個人都氣喘吁吁的停下來／她說：「小雞死在裡面了」……回到現場，兩個孩子都哭了，怕埋土，土礫太重了，找了幾片葉子，一層一層又一層，埋葬不了愈堆愈高的傷心……

從此怡君不再以水煮蛋當點心，小公主當然更是囉！

二〇〇八年看見一張小母牛接受人工授精的照片，順著照片的線索一路往下探，掉進一座悲傷的深淵——原來沒有任何一份潔白的牛奶，來自兩情相悅的受孕、愉悅

的分泌～

用假母牛誘發公牛射精，集取精液，然後插入一根冰涼的管子進入小母牛身體裡人工受精，懷孕、生產、與剛出生的孩子別離、站上擠乳台……產量不足後，再一次人工授精，如此反覆經歷幾回，小母牛青春不再，即被送往屠宰場。

～白色乳汁的漩渦底處，映照著巨大的驚恐與無助，是小母牛的一雙眼睛……

那一年開始，小公主展開了100%純植物的生活。

連雞蛋、牛奶都不碰的公主，進入純素世界，從此過著無比快樂的天堂生活。

蕭伯納說：「動物是我的朋友，我不會吃我的朋友。」

甘地說：「當心靈發展到了某個階段，我們將不再爲了滿足貪慾而殘殺動物。」

……持純素不是因爲聖賢們仁慈、睿智之語，只因爲在森林瞧見杏眼如豆的松鼠先生時，我們總簡單的會心一笑；在廣場上，遇振翅飛舞的鴿子小姐時，我們總洋溢著和平喜悅；在如茵草地上，發現眼眸熠熠的小牛朋友時，我們總止不住的嘴角上揚；在微風裡，大口吸著混合萬物生命的豐盛氣息，感受著彼此的愛與擁抱，這就是天堂的模樣！把生活活成天堂模樣，把天堂活進生活裡啊。

走入純素世界，帶來天堂生活，小公主說：大家一起來！

她遇到國中四十一號同學，生命裡的伯樂、相同夢想裡勇闖的同伴、修了千年而能共枕的師兄、神隊友先生，來往台北宜蘭之間，辛苦以兩坪大的廚房開始，研發無

奶蛋（以豆奶、番薯泥替代）杯了蛋糕，受到歡迎大賣，支援周一無肉日，應邀到各地學校演講，一年半，也就是二〇一二年，月教育部統計，台灣全國中小學3518校裡，每周擇一日蔬食的學校達93％，原來台灣是如此的善良與溫暖。

爲了創造純素天堂的環境，她和先生縱身跳入甜點心的海，走上了純植物甜點烘焙的道路，她說：甜點心其實只是載體，那些關於愛，那些關於和平，那些關於那些年我們在藍色星球上，與萬物發生的故事，才是甜甜背後的點滴。

二〇一三純素天堂奇蹟一號店、二〇一五純素天堂二號店、二〇一七一禾純植物麵包店都逐夢踏實開在台灣溫暖的土地上，饗素食者……

據小公主說：純素＝全素＝純植物＝全植物＝VEGAN＝不傷害動物的生活方式＝和平與愛＝天堂＝我們本來生活的模樣，純素天堂不是店名，是每個有光與愛的地方。

她相信台灣島可以是座VEGAN。

最後一張青鳥與大象的漫畫會說話：

青鳥有個夢想：每天唱歌／不吃淚光閃閃的動物成分點心／因爲甜甜背後有鹹鹹的淚水／吃充滿發芽力量的植物點心／因爲甜甜的背後／愛讓生命延續

大象聽見了：用長長的鼻子在大空轉了轉／邀請青鳥當他的舞伴／他們一起唱唱跳跳／希望整座島嶼森林／一起手舞足蹈／一起和平美妙。

Ra Ra Ra／如果台灣是座VEGAN。留下其他可愛圖文讓你去看吧！

#純素天堂——我直直的傻傻的VEGAN之旅　作者：徐立亭
#比爾蓋茲：地球的未來要靠素食
#二〇二〇新冠病毒肆虐，讓地球人深思：是不是大自然的反撲？

春天沒辜負我們～無入而不自得

四月二十八日

一直很喜歡蘇轍的〈黃州快哉亭記〉，那種隨遇而安的境界，心嚮往之！

～「士生於世，使其中不自得，將何往而非病？使其中坦然，不以物傷性，將何適而非快？」

～意思是：讀書人生活在世上，如果他的內心不能自得其樂，那麼，他到什麼地方去會不憂愁呢？如果他心情開朗，不因爲環境的影響而傷害自己的情緒，那麼，他到什麼地方去會不愉快的呢？

這個春天，上天依然給了我們：燦放的百花、鮮綠的嫩葉、藍天、白雲、夕照、弦月……或許大自然更因休養生息過後，整個山林小徑被淨化了、畫眉鳥囀從幽林隙縫鑽出，吹著口哨，點綴大地的岑寂，人少了，鳥勇敢了，唱出牠們美妙的心曲。

又是黃昏，夕陽在天邊慢慢滑落，不管襯景的是成片的相思樹叢或潑墨似的竹葉，反正美麗的是暈黃夕陽下勾勒的葉影幢幢；等到月上東山，上弦如鉤、寒星在側，難得的詩意上心頭，想起流光如矢，從黃昏的輝煌到一星如豆到天黑燈起，過得好快！怎能不把握每個當下的快樂！

在步道之始，被一棵開花的樹吸引（那是席慕蓉詩中，那棵令她驚艷的白色油桐花樹）流連樹下，我爲這求了五百年才結的塵緣～替她特寫了正面、側臉⋯這季節最動人的容顏；而友人也替我們留下今春離開病毒後，不沾染愁容的笑靨。

一路收集印度仙丹、馬齒莧花、雞蛋花、沙漠紅玫瑰⋯不同的美麗；一路釋放好久禁閉的眼界，原是爲三餘公務，找了家位在彰化八卦山的好友夫婦，便隨他們日日黃昏的散步，讓清風、明月也湧入心懷，萬物靜觀皆自得，不必一定名山勝景。

側寫竹影畫作……

五月六日

是否影了比實體耐人尋味？

沒有實體的影子會不會孤單、寂寞？

我在安徒生童話裡看到影子的故事，那是走失主人的影子一直在尋找主人的故事，影子也有它心中企盼的主人，髒乞丐、欺負乞丐的無品混混、太胖軀體的男士、懷孕大肚的女人……都和它纖瘦的身子不合，衆裡尋他千百度，驀然回首，那人卻在，燈火闌珊處…影子終於找到它的主人——年輕帥氣、關在房間角落、失戀了幾天的年輕男孩，於是，它幫著小主人找到在街頭畫畫的意中女孩——星兒，送情書給她，接著影子爲吸引星兒，開始舞動起來，小主人也跟著起舞，引起女孩注意，最後圓滿追到星兒…成就王子公主結婚的一樁美事。

我在科學定義裡，看到的影子是什麼？

光遇到遮蔽物不會閃開，只會直線前進，遇到不透光的東西就變成影子了。

影子是由於物體遮住了光線的傳播，不能穿過不透明物體而形成的較暗區域，這就是我們常說的影子，它是一種光學現象。

而且影子不一定全黑，在莫內的畫裡，不同光線下，有時影子也呈現深淺的彩色，影子和光線的確是好朋友。

而詩詞裡，最會抓住影子描寫的人是宋代詞家張放：「雲破月來花弄影」、「嬌柔懶起，簾幕卷花影」、「柔柳搖搖，墜輕絮無影」多美的影子！因這幾句，他又被稱爲「張三影」。

當我站在陳正隆老師竹影系列的作品前，對「影子」的思緒飛奔而出~

雖然花園系列的五彩繽紛仍是一下子吸引我們的目光，但是在紛紅駭綠中，穿插的幾幅黑白竹影畫作，像樂音繁複演奏過後的休止符、像街頭車水馬龍間的一方安全島、像花火燦爛後的一片暗黑、寧靜天空，給予心靈的留白空間。

仍本著棄實體、以禪意來畫竹的觀念，也正是蘇東坡的「成竹在胸」。竹在畫師一揮的水墨間，跳脫工筆寫實的繁複，進入空靈極簡的境界。也許因爲歲月的積累，他慢慢體會「留白」的耐人尋味。過去的墨色慢慢退去，留更多的空白，讓觀者在蛛絲馬跡般的竹影裡，找到沉思的天地……

幾張耐人尋味不已的畫面，讓我短暫逃脫生命裡的喧囂、繁雜，心想：

白紙黑墨，大面積的留白，墨彩濃淡得宜，竹影呼之欲出，彷彿風亦可捕之，看到惜墨如金、計白當黑，卻讓我在無畫之處，凝眸成妙境，方悟：留白不空、留白不白，以無勝有、以少勝多之理。

或許，留白才是一種極致的靜，空曠乃無言之美。

#再次觀水墨畫家陳正隆老師於藝之時代畫廊「喜悅」

我是幸福媽媽，從犧牲享受到享受犧牲……

五月十日　母親節

當上媽媽是在二十八歲和三十歲，不同性別的嬰兒，帶給我不同的喜悅。

老大Wei是祖父母的第一個孫女，在衆多姑、叔們的期待中降生，暮春三月，鶯飛草長、鳥語花香，整個家庭在嬰啼聲中歡笑，世界多麼美好。

但生產之痛，讓我忘不了！

從到私人醫院待產，就像在機場接一班Delay又Delay的飛機，前後長達三十小時以上的等待，直到又一天黎明的破曉時分，孩子來了，但現場陪產的先生，已累得昏睡在一旁；我也陷入長長的睡眠甬道中，直到第三個天將既白……

我發誓不再受第二次的煎熬……

但，兩年四個月後，我又在同一家醫院迎接兒子的到來。

是不是天下的媽媽都一樣？明知山有虎偏向虎山行，我們總能在痛苦過後，留下的美麗裡，遺忘痛苦？兒子因爲是祖父母的長孫，又受到鑼鼓喧天的歡迎，事實上，無關性別，但在上一代延續繼起生命的觀念裡，我認爲，他帶給這家族年長公婆的喜悅指數達到最高點。

從生產之痛，到養育之辛，那是女人的宿命。

回憶中，先生是個重眠的人，他從來不會在夜裏的嬰啼聲中醒來；我卻被每兩個小時的哭聲干擾到無法好好睡一覺（年輕一代的媽媽幸福多了，可在月子中心，把嬰兒托給護理人員），接著白天上班、上課；夜晚奶瓶、尿布的日子，像希臘神話裏的薛西弗斯，永無止境地重複推石上去……當然，感謝年長婆婆願意分擔白天帶孩子的工作。

如今，再回首，一切都雲淡風輕。

以母之名，犧牲享受，對我來說，並無困難、也無怨無悔。

因我那民前五年出生的母親，比我付出更多，我是她四十二歲才生的屘女，和她成串的孫子女一起長大，她是更辛苦的母親兼祖母，日日在茶飯裡刻苦，一天不工作，大家族就會亂方寸，看她的努力、認命、樂觀、謙卑……模範母親非她莫屬（曾在民國五十六年當選台中市模範家庭及模範母親）當她女兒的我，這點犧牲又算什麼？

年華逝水，兒、女都長大了，子又有子，那種延續生命之流的感覺，是站在花園裡，看辛苦種植過後、滿園的郁郁菁菁。每一朵花都對著我微笑！

我甘於犧牲享受，如今我開始享受犧牲過後的一切美好。

＃二〇二〇年母親節有感，也回應好友傅孟麗要我接力寫有關母親的文章

可以讓我無齡感嗎？

五月十三日

看到這題目，你馬上會心一笑，喔！原來你是個不敢面對現實的人，老就老，還怕我們知道嗎？

不，我否認，我的歲數永遠攤在陽光下。

今天，我如果怕你知道，我就不會把這本《民國三十七年生》的書，光明正大拿在手上，還與之合照，那我在怕什麼？

我只怕你覺得：名不符實！

都七十多歲的人了，每天還意氣風發、浪漫作夢、腳力比年輕人矯健、出門旅行啥藥也不帶～啥高也沒，就是身材不高！至於眼睛，稍有一點從年輕就有的近視外，散光、老花至今還沒發現……我還擁有許多熱情，喜歡人群、愛喝咖啡、聊天、看電影……過目不忘，歌星名字如數家珍，記憶力好到陳年往事永駐心頭，師丈最愛調侃我的話是：你記憶力這麼好，當年一定是交男朋友不好好念書，才會淪落淡江！（天知道，我是被小說誤了！）或是：爲什麼我告訴你的時事消息，你都知道，太無趣了！也沒見你在看電視啊！事實上，我只要一邊打字、看書、一邊聽著電視新聞，那錢櫃KTV火災燒死多少人？美國疫情目前死了八點二萬人……羅志祥和周揚青、蝴蝶姐姐的緋聞一個也沒漏過，他不知道我可一心多用，眼觀四面、耳聽八方，耳聰目明（這不是抬舉自己，而是小聰明！）但一旦出了家門，我馬上成了路痴，連東西南北向都摸不清，還有對機械、電器、開關、插頭……無一不盲。

那天，我拿著吸塵器清掃、洗了廚房抽油煙機面板……

他竟然說：喔，不錯，你會做家事了，那我可以安心去了！

什麼？說什麼？原來我在他心目中是個：糊塗、無能的嬌妻，看來我要維持不會做「家事」的本能，他就捨不得（或不敢）離開我了！

想想自己是戰後嬰兒潮的一員，還眞幸運，剛開始的兒、少年時代，物力維艱，但給孩子「稍微貧困的童年」正是培養孟子所謂的「動心忍性增益其所不能」的向上力量，我們成長的年歲，單純也糊塗，過年一雙新鞋、圍爐一盤全家分食的雞肉、生病一個美國進口的蘋果就心滿意足：中女時，與姪女們搶看聯合報連載小說、看中央日報副刊文章，上了高中，看瓊瑤第一本小說《窗外》，情竇初開的同學對任課男師有了夢想；下課，幾個好朋友會拿著歌本唱〈相思河畔〉〈晚霞〉〈初戀女〉或藝術歌〈教我如何不想她〉……我們也愛黑膠唱片中的〈Five Hundred Miles〉〈Whatever will be, will be〉〈A Dear John Letter〉……那時聽收音機廣播劇、流行寫信、交筆友，約定與筆友見面一個帶本書、一個佩戴胸花……哈哈，我們成長在保守、稍貧困的歲月中，但卻充滿希望、公平競爭、也是沒有戰爭的承平時代。聯考很競爭，錄取錄只有20%，但不分貧富，人人靠努力，不走後門，沒有藍綠，純潔善良、是真心相待的年代，七十載走來，我輩再窮的同學們都可白手起家，買房安身，各自走出自己精彩人生。

如果你和我同時代，那你喝過彈珠汽水、看過諸葛四郎、老夫子、大嬸婆的漫畫，女生玩過沙包、橡皮筋、跳房子；男生玩過尪阿標、竹蜻蜓、騎馬打仗……

我們用毛筆寫作文、生活週記，還有大小楷練習，每天升旗唱國歌、做課間操，當然也捱過「竹筍炒肉絲」欠一分打一下的日子，但我們從來沒空迷失或憂鬱，父母和大學畢業後的自己，都忙著賺錢養家，開過二手車、老爺車，即使有幸到國外留學的朋友們，幾乎都買單程機票（那時一美元換42台幣），到國外也要打工過日，期早日「衣錦還鄉」，哪有錢每年回家度假？大家認真做事、校訓禮義廉恥銘記在心，清白做人，看不起好吃懶做的人，更沒有什麼啃老族……

沒有空調、沒有高鐵、沒有7-11、沒有KTV、沒有彩色電視、沒有手機……

但一直到現在，無論怎麼想，都覺自己是幸運的一代、多頭的一代。

我們循規蹈矩、樂觀知足，科技物質的進步，讓生活美好方便，但人文和諧的舊日，更令我懷念不已！

人生是每一個瞬間結合而成，沒想到不過轉眼之間，又到了開始翻新篇章的時候

了，我鼓勵自己，在這個時刻，我要忘掉已過了「不踰矩」的年齡了！孔夫子不也在發憤讀書時，快樂得忘了憂愁，不知老之將至嗎？

願朝「無齡感」前進！

#二〇二〇年生日，兼讀雷戊白女士《民國三十七年生》有感

她是折翼的蝴蝶

五月十七日

有五十年了吧，一切是既模糊又清晰，既溫馨又心痛……

她和我一樣，有張嬰兒肥的臉龐，即使那年，我才四十二公斤；她則比我高大，是健美型的女孩。那一年，我們大二，我從浪漫的西班牙文系轉入中文系；她則是從東洋風的日文系投奔到和我一樣的中文系，也許同是外來的品種，移植到中文的土壤，我們必須勤於耕耘，在許多的補修課程中，不知不覺有了相依相偎的熟稔。

但除了課堂，不記得私下我們有任何交集的記憶，等到年華逝水過去，大學只成爲生命中一個閃點般的星星，掛在夜空，寂寞時，偶爾想起；卻常在白天匆匆馬蹄不斷揚起的塵埃中被隱沒。她嫁到桃園，我返回台中，從此，像兩條平行線，各自走在自己的職場上、家庭裡……那應該是畢業後最忙碌的十五、六年吧，同學們聚少離多，縱使曾有的同學會，也很少看到她出席。

有一年，暑假前的某天，驚喜於她的來電。告知她有個念武陵高中一年級的女兒要參加明道文藝主辦的「高中學生暑期文藝營」她囑咐我多關照一下。那本就是我的職責，當然全程參與，和她可愛的女兒有不少的交集機會，心想：這莫非是我們之間

的緣分，上天以另一種形式來延續吧！之後，也曾北上桃園，接受她熱情的款待，認識了她先生和她最鍾愛的小兒子……我以爲，從此我們會是經常來往的好朋友……

孰料案牘勞形、家務繁忙，輪轉著我們平凡、平淡的日子。

心想：她也和我一樣在過著這樣簡單卻忙碌的生活。

事實上，她連這樣平淡的生活都得不到了，當孩子們還需要她護翼的時候，她卻因乳癌的惡化、擴散蔓延到肝，離開了我們，上天不慈，她才中年呢！

每次看到在淡江校園的艷陽下、詩意純白的橋畔邊，打著傘花的我們，那是兩個青春正盛的女孩，努力地把太陽隔絕在外；卻如何也阻絕不了綻放在我們臉上的太陽；那一年我們二十歲。從此，像翩翩飛舞的兩隻蝴蝶，飛啊飛，飛向命運爲我們準備好的網羅……

——她離開我時，才四十二歲！

#看到一張在淡江大學校園白色牧羊橋與同學徐淑娟的黑白合照有感

五月黃梅天・三餘讀書人

五月十八日

今天是「入梅」，也就是開始進入細雨濛濛的梅雨季……

柳宗元的詩句「梅實迎時雨，蒼茫值晚春」，說出梅雨是在梅子黃熟時所下的雨，連綿不斷，蒼茫一片，代表留不住的春天就要告別了。

但不管天晴天雨，我們的約定不變，因爲我們好久不見了；

或許是想念的絲線化作今天的細雨吧！澆灌乾涸大地，撫慰鬱悶的心田。

像打開樊籠的我們共九人，代表三餘開幹部會議，做「復工」前的準備工作。

感謝錫勳、惠珠賢伉儷提供他們位在烏日學田村的美宅，讓我們找到最安全的地方～雖然一個月本土掛零，但世界依然不平靜，讓我們無法像疫情前那般瀟灑自在，好盼望無門和尚的詩中境界趕快降臨：

「若無閒事掛心頭，便是人間好時節」

好吧就今天，且偷得浮生半日閒，忘掉一切，我們只惦記書的世界。

決定了六月開始例會，把之前未討論的書目，重新安排在接下來的三個月討論；並計畫九月第三度拜訪爾雅書店……當然我這NG的會長，可能要再重新來一遍！說實在，站在服務的觀點，我休息了五個月，當然成績不及格，只好留級一年。其實我也不能推諉這個責任吧！

咖啡、紅茶、杏仁茶不斷，蛋糕、水果、花生……應有盡有，談笑有鴻儒，往來無白丁，我談的你懂；你談的我知，就是以文會友吧！

一個小時後，我們的場景換到戶外，除了美麗庭園小憩、品花論樹之餘，錫勳夫婦帶我們一群人去田野間散步，那是他們黃昏經常走的鄉間小路，只見綠野平疇開展在眼前，幾朵陰翳的雲像水墨橫過天際，那遠處矗立的一棵號稱「金城武樹」眞的復刻台東的美好，我們也隨興照了幾張相片；然後去分辨什麼是絲瓜、南瓜、冬瓜、葫蘆瓜……直到承認自己眞是城市「傻瓜」！雨還在下，我們的雨傘花開在綠野間、紅花前，還頂詩意的。

雨越下越大，在雨中依依不捨說再見，沒關係，我們馬上在六月伊始便見面了！

相信此刻，三餘讀書人一定忘不了五月黃梅天的詩意吧！

兩個玉鐲的友情故事

五月二十日

妳常說妳和大城市有緣：生在上海、長在台北、移民紐約、歸根台北。

大城市的氣度，就這樣被妳收納心中。

妳習慣車水馬龍，於是，在熙熙攘攘的擁擠中，仍保有一份不變的自若神情；妳適應都市人群，於是，在炎炎涼涼的世態裡，依舊開展出燦爛的人際花朵。

十八歲在淡水山城認識妳，從此，心裡就沒離開過妳。大學第一年同寢室的緣分，一延就是五十多年，妳常戲稱妳比我先生認識我的時間更長！沒錯，女孩間的心思、對話，有時是更縝密，而憂樂的分享，更因同性間的了解，有不言而喻的痛快！妳總是勇敢的幫我承擔許多生活上的疑難雜症；諦聽日、月煩瑣的心靈之音；陪我在繁華的台北城市裡逛街、購物，不致迷途；在我和他（如今的先生）之間，點燃不太亮的燈泡，那四年，妳這位台北主人完全接納了我這位台中來的過客。

二十七歲以後，我們各自忙著結婚生子，透過匆忙的電話連線，我們忙碌的、充實的生活樣態，虛擬在彼此各自腦海裡的想像。

我們都是蠟燭兩頭燒的職業婦女，妳在師大教華語；我在明道教書。孩子來了，

我們的一女一兒先後替我們的人生，畫出了「好」字，這是我們的幸運。

但自此以後，妳似乎沒那麼平順了，先生的外遇，讓妳傷心透頂，妳帶著一兒、一女到美國投靠娘家。然後，妳選擇原諒他，他便前去和你們團圓，就這樣做了快20年的紐約客，你們開了一家冰淇淋店，一做就是十八年，那該是你們夫妻最安寧的一段日子吧！

後來，因公婆的年事已高，你們結束紐約客的日子，落葉歸根，回到台北。

原以爲該平平靜靜迎接夕照滿天的美麗黃昏，不料，十二年前，妳先生突然腦溢血、中風了，還不到六十歲呢！陷入危境的他，以爲就要被上天放棄的他，卻在多次頭顱手術後甦醒過來，但已經無法像之前一樣行動自如了！

這十多年來，他像被判有期徒刑似的，關在養護之家、坐在輪椅的牢籠中，度過不堪的歲月；而妳精神上的折磨更不在話下，雖然妳痛恨他一再的背叛（那是他倒下去，妳在他手機裡發現的許多秘密），可是看到他英挺的身形像洩了氣的皮球一樣，妳不忍了，妳告訴自己要堅強、勇敢的把自己站成可以讓他倚靠的大樹，妳原諒他種種的不是，以德報怨，用傳統妻的角色去包容他、忍耐他，無怨無悔地對待他。我知道，他現在總算乖乖地待在養護之家的陰暗角落癡癡地等妳，像盼望曙光之來臨，像迎接大旱之甘霖……妳要加油喔！

記得從大學起到中年、壯年四、五十年間，很多人都說我們像姊妹，是否因爲相處的時間長，自然某些氣質就類似了。

我特別喜歡一張二十多年前去昆大麗（雲南）時，一起買玉手鐲的那一幕，當時，我們很興奮地合照，現在我依然戴在手上，妳呢？每次看到它——會讓我想起作家琦君的一篇文章「一對金手鐲」中的故事，「一對金手鐲牽繫了兩個不同命運女孩之間恆久的友情、親情，也見證了人生際遇的無可奈何。」我在感恩上天對我的厚待之餘；也默默地替妳祈禱，希望妳的善良、不計舊怨，天天以陽光般的笑容照徹養護之家陰暗的角落，能感動上天。我們是傳統時代的女性，妳沒選擇離開，而是像希臘神話中被懲罰的薛西弗斯日日推石上山……

再也回不去了，那個燦笑如花的女孩，但妳忠貞如玉，雖人到秋寒，但至少如你所願，可以執子之手，與子偕老。

希望有一天，妳可以牽他的手，走出養護之家，迎向窗外的藍天。

（後記：大學好友的先生從五十九歲中風，至今十多年……）

〈哭砂〉之前，熊美玲哭了多久？

五月二十四日

文學是苦悶的象徵，廚川白村說過；而音樂、繪畫未嘗不是生命的出口？有情緒的累積，才有創作的衝動，細膩的聽覺來自細膩敏感的心靈；顏色的敏銳度取決心的識覺……

從十三、四歲起，我就知道她——我的導生熊美玲，有一顆細膩敏感的心靈。張小燕說她很像是瓊瑤筆下的女主角；姚謙說她是流行音樂中的張愛玲……

而她的先生說他是一個神經緊張的媽媽、大智若愚的女人、反應遲鈍的學生、善解人意的朋友、唯心是從的作曲者……這些我都相信，每個人視角下的美玲，成形於妳和她不同的距離，而我是她國中的導師，或許我也有發言權。

美玲生長在卓蘭，是婦產科熊醫生的小女兒，大她整整十二歲的老大姊姊，有點小潑辣，可以鎮住底下兩個皮翻了的弟弟，但對美玲這既愛又玩不在一起的老么，應該有著如母般的寵愛情愫吧！因爲大姊很優秀又早出國，所以直到美玲在第一段長達六年的愛情失敗後，遠走美國投靠大姊時，才開始領受到姊妹那種窩心的感覺；至於她那兩個愛彈吉他、唱民歌的哥哥，應該是她走上歌曲創作的啟蒙老師吧。

我喜歡美玲，不是因爲她長大後成爲名作曲家，而是看過她如何把夢變成眞的堅持；如何在聯考升學壓力下，且行且吟嘯，優游於藝的瀟灑。原來就基因優良的她，非但兼顧了課業（高中考上台中女中）、也沒放棄每星期買張唱片，滿足心裡對音樂的饑渴。她額頭隆起、鼻子小巧可愛，皮膚白皙、整張臉給人十分寧靜的感覺，但我曾看到她哭起來的小兒女姿態，眼眶和鼻頭紅紅的，很久不退；她的聲音嬌嫩如黃鶯出谷、乳燕歸巢，上課被問到問題，站起來發言時，有點嬌羞（那時班上男生五十個，女生十四個，調皮搗蛋、笑聲如雷的男生，常喜歡嚇她），我必須傾耳聆聽，才聽得到她的聲音……男生也喜歡捉弄她，在背後拉她頭髮……

有一天，她遇到林秋離。林秋離爲這第一次相遇寫下了一首歌詞《海鷗的天空》，但她已在父母安排下考托福，到美國留學，可是，三個月後，這個「有點怪又愛寫歌的女兒」不顧父母反對，毅然選擇生命中的眞命天子返台來……其實，她唯有遇上愛講故事的秋離才子，才眞正是出幽谷、遷喬木，美玲的眼淚，被他收服了！他們眞是天造地設的一對知音夫妻，之後，兩人的合作，基本上都是美玲先寫就曲，再由林秋離根據曲中意境來塡詞……目前，他們合作過的歌曲超過一千首呢。

「老師，妳在台中嗎？」美玲路過台中，和秋離、兒子想拜訪我，正是疫情方熾的三月底，我正好北上林口，去龍巖掃墓。其實，他們就住林口，我們每年都有見面的機會，喜歡聽秋離說故事，他有說不完的故事：「哭砂是……聽海是……動不動就

左一爲初一時期的熊美玲

說愛我是……謝謝你的愛是……」

如果你想知道每首歌的故事，找我！

因爲我是熊美玲的初中導師。

借用了和煦晨光完成了《神來的時候》，在告訴讀者什麼？

六月一日

作者王定國是建築人，也是文字工作者。在三餘讀過他的散文集《探路》之後，今年他的小說《神來的時候》（二〇一九年九月出版）成爲我們第二本走入他小說世界的閱讀書目。私下，他從二〇一三年以來的每一本小說我都讀過，像《那麼熱，那麼冷》《敵人的櫻花》《誰在暗中眨眼睛》《昨日雨水》……幾乎每一本都獲時報開卷十大好書，文字的功力不在話下，每個故事充滿深沉、安靜的氛圍，可以和喜歡他的讀者心靈緊靠，他自己也認定：寫作是交心的手藝。

《神來的時候》有七個中年情愛故事，主角的遭遇涵蓋喪偶、失婚、外遇；情節有退休、退化和末期病……聽起來頗令人沮喪！然而正是經過歲月洗煉的情人與情感，別有一份純摯和悲憫；淡淡淒涼的人生際遇更能襯托出安靜的尊嚴。

〈瞬息〉的男主角因病失語是有趣的設定。幽婉的心事，多情善感的心未必因時間而變得無慾無感，也許只是學會了不說。其實，許多男人爲自己過往的荒唐與辜負感到羞恥，此文中描述年輕時背叛妻子的，老時回到妻子身邊，從肉身到內心都張口

結舌，不復當年的頤指氣使、趾高氣揚，對中老男人，此刻的「不語」應是一種心理共相。

〈訪友未遇〉裡頭，一雙搭上相親末班車的男女，展現豪賭般的氣魄閃電成婚。他們的結合在時程和儀式上倉促得驚人，但剎那投放的誠意與信任也厚重得驚人。一對同樣活到鬆弛、疲倦的男女，走入婚姻，不求心動，只要心安。

時間若是籌碼，通常年輕不再的中年人，便意識到要花用得更謹慎，下注得更精明。然而，情感關係從來不是謹慎就有合理回報的投資項目，於是中年人毅然押注時，特別有種卑微的悲壯。而惜福知足感恩，往往是心境老去才會滋長的意識。

〈生之半途〉的單身經理暗戀青春的女下屬，他在辦公室檢點自持，克制得必須承認他是位堂正清白的謙謙君子；他只在內心世界放任自己親近她。留意她的行蹤和打扮，默默欣賞她午睡的樣子，腦袋裡溫習她的語調和頸側的痣。

從經理這種意淫的舉動，彷彿經理是個猥瑣的人，其實，主角若換成年輕男子，可能就是浪漫了！於是睡夢中他苦心告白：如果妳肯愛我，我願意答應不要活太久。他為著人到中年依然渴想親密而深感抱歉。這讓我們感受到：老去會令人對多少事物感到不配？然後終有一天不配到自覺該是時候去死……歲月始終不會站在脆弱的一方！

……

壓軸的、與書同名的故事〈神來的時候〉，本以為是嚴肅且意味深長的故事，結果卻是十足風趣的黑色喜劇。浪子的愛情如童話故事，一個彰化和西螺的在地童話，浪漫中有哀戚；比較寫實的部分是浪子與家人之間的關係。兄嫂的態度就像現實裡的一些長輩，他們無法去愛一個不符社會規範的親人，除非浪子能爭氣回到正軌，才又如釋重負的接納他。兄嫂並非刻薄無情之人，只是受本能限制，對異己自然而然地排斥與歧視，任性不羈的人令他們望而生畏。浪子若是有罪，最大的罪過應該是令人失望。然而天下間對他最失望的人，是他自己，自己放棄自己，神也救不了他！而浪子的內心是這樣想的：我最大的不幸，就是一直想要成爲有用的人……

以前常熬夜寫書的王定國，因年紀漸大，體力不再，現在也會借用和煦晨光來寫作。《神來的時候》文字較之前小說集更爲樸實、筆觸更輕盈，每個故事的後來，自然流露著感人的淚光，王定國說：這或許就是溫暖的晨光所賜，使我頓悟到文學之所以必要，就爲了照亮我們這些小靈魂的苦痛和希望！

#記三餘讀書會在范客講堂復會後，第一次例會討論王定國《神來的時候》

從夏樹是鳥的莊園到紅樓夢幻……

六月十八日

A.這樣飆到比人體溫度還高的氣候，初夏剛啟程，想到接下來的日子，心中彷彿燃燒著火焰，即是解疫外放，該到何處避暑？

以往，像候鳥般飛往美國的月份，此刻擱淺在台灣北部的林口。雖兒子家來來去去，從沒住過這麼久。

趁這機會，偷窺兩個孫子的日常，這是他們童年身影中的某一段，也許稍縱即逝；而從他們口裡吐出的天眞話語，會消失在風裡、塵裡，在歲月的流裡，多年後，再也想不起，如果你不紀錄，當不曉這些日子以來的心情。

每早，開車送他們兄弟倆上學，我們會停留在長庚醫護新村裡散步。

這兒的居住環境像美國，處處是蓊鬱的老樹和灑落陽光的一片片草坪。住宅區街道井然，長庚一街、二街……十五街，每條街的夾道不是垂著氣根鬍鬚的榕樹就是參天南洋杉、或其他綠葉喬木…總之，樹叢裡，會發現幾隻大方踱步的外來種白鷺鷥，警覺性很高，沒有一次不在我拿起手機之前就滑翔起飛的，只有一次，捕捉到一隻遠方模糊身影的牠。倒是從樹上傳來的鳥鳴聲不斷，我不知在林蔭處躲了多少隻鳥？倒是讓我想到一個已逝台大外文系教授顏元叔的小說集書名：《夏樹是鳥的莊園》。

夏樹，果真是鳥的莊園！無與倫比的美麗莊園。

如果我是隻小小鳥，這樣燠熱的夏天，我想，我也會躲在大樹上，在蓊蓊鬱鬱的樹葉間吟唱生命之歌吧！

B.回到家，已然過了十天。林口台地的風，仍在燜熱的台中盆地被我懷念！

如果說，人眞可觀氣，那時，環繞我頭頂的，可能是金色或白色的光吧！

據說：思想的顏色會隨著你想法的改變而發光或變化；情緒的顏色則通常會漂浮和流動。

現在，我的胸前放出的是粉紅色的光，那是收到喜愛訊息的光譜。

兩本印刷得很精美、很有質感的書，在午寐間送來。那個新竹物流外送員雖敲醒我的夢，但他很有禮貌致歉：打擾了，聯合文學的書，請簽名……

當我看到他黝黑、汗水淋漓的臉龐上綻放的笑容時，我整個人眞的清醒無比，向他深深點頭致謝：大家在冷氣房午睡時，你卻還在大太陽下工作，辛苦了！

《紅樓夢幻》、《白先勇的文藝復興》是白先勇老師友人贊助，要捐贈聯合文學出版這兩本書，給讀書會免費索取的。作家周昭翡特通知凌健主任，讓我們不要失去網上登記的機會，就這樣……幾乎三餘會友都擁有這兩本好書。

明年，我們至少選擇其一，作爲閱讀書目。

在這文本書漸漸式微的時代，作家白先勇的友人可以出資請聯合文學出版、並以宅急便送到每個會友的家裡，何等的義行！令我感動。

我將把豔陽的熱摒除在外，在舒適的冷氣書房裡，開始重溫天下第一書《紅樓夢》，聽聽我喜愛的作家白先勇要告訴我什麼？

#六月七—十七日，在林口

#六月十八日，接到兩本喜愛的書《紅樓夢幻》、《白先勇的文藝復興》

端午懸思……

六月二十五日

雖現代節日的氣氛漸淡，但從網路的問候卡，仍嗅得到各種節日不同的味道。眞實的粽子不敢多吃，看到的各色粽子圖片倒是不少；所有與「粽」字諧音的好話說盡：粽神保佑、粽量級祝福、與粽不同、好運接粽而來、百發百粽……甚至：還引發一些人生哲理：人生如粽、不怕你有稜有角、就怕你肚裡空空；人生如粽，經得起熱水沸騰、耐得住冷藏冰凍；人生如粽，向白米學會融合、向粽葉學會包容……

心想：戰國時的愛國詩人屈原，當下若有這麼多的佳句、哲理鼓勵，是否會忍辱負重，選擇離開汨羅江？而楚國的歷史是否重寫？

不過，骨氣、正氣並非人人皆有。

屈原，原是楚懷王時的三閭大夫，博學多聞，懂得治亂之道，善於辭令。

入則與王圖議國事，以出號令；出則接遇賓客，應對諸侯，頗得楚懷王信任。

同朝上官大夫忌妒他，在楚懷王面前進讒毀謗，終遭被黜的命運……

方正不容、小人得勢、國君被蒙蔽，屈原在憂愁、幽思之下而作〈離騷〉，離騷就是離憂的意思，屬於楚辭，楚辭是詩歌體，常用「兮」字來補足句子，是屈原所首

創的一種文體。當年在背屈原的〈離騷〉時，常被這樣的句子激勵著：「日月忽其不淹兮，春與秋其代序」「長太息以掩涕兮，哀民生之多艱」「朝飲木蘭之墜露兮，夕餐秋菊之落英」「亦余心之所善兮，雖九死其猶未悔」……看來，我小看了他，在當時挽回不了的局勢中，以死明志，是他唯一的選擇，誰也無法勸止他。

死前，他在江邊遇到的漁父，他們有一段精彩對話。

屈原說：「舉世皆濁而我獨清，眾人皆醉而我獨醒，是以見放（所以被放逐）。」

漁父說：「夫聖人者，不凝滯於物，而能與世推移。舉世皆濁，何不隨其流而揚其波？眾人皆醉，何不哺其糟而啜其釃？何故懷瑾握瑜，而自令見放爲？」（意思是：「聖人不死板地對待事物，而能隨著世道一起變化。世上的人都骯髒，何不攪渾泥水、揚起濁波；大家都迷醉了，何不既吃酒糟且大喝其酒？爲什麼要謹守品德、自命清高，以致讓自己落了個放逐的下場？」

漁父勸屈原，超脫世俗桎梏，曠達自在吧！

而屈原則堅持不願同流合汙，忠誠執著。

屈原悲痛的自我剖析，卻只換來漁父莞爾一笑，飄然遠去……

最終，屈原還是投江自盡，而當地百姓划船救助、以粽葉包米飯怕他餓了……遂成今日龍舟競賽、吃粽子、喝雄黃酒……的民間習俗。

其實，這一天還有許多的傳說：吃五子——粽子、豆子、茄子、李子、桃子，驅五毒；飲午時水、沐午時水、午時立蛋或門上掛艾草、菖蒲、身懷香包避邪。其實，在先秦時代，普遍認爲五月是個毒月，五日是惡日，相傳這天邪佞當道，五毒並出。歷史上有名的孟嘗君，在五月五日出生。其父要其母不要生下他，認爲「五月子者，長於戶齊（會長得與門一樣高），將不利其父母。」

好像越想越多……這是讀書的好處還是缺點？

看幼兒園裡，孫子跳「划龍舟」的舞、午時立蛋、吃津津有味的粽子、製作香包，好像這是個快樂的節日，誰記得那故事源頭的愛國詩人屈原？

似乎：人生識字憂患始。

我無法說出「快樂」，只能用「安康」兩個字來形容端午節了！

表妹虹芳的畫中話～傾聽女子內心的風暴

六月二七日

虹芳是屘舅的最小女兒，從小就有繪畫的天份，但因當時家境貧困，一路念書選擇可以營生的工科科系，小小繪畫的種子只能放置心田角落。

考上電信局後，安頓了生活，結婚生子……孩子大了，少了後顧之憂，她終於可以讓繪畫的種子生根發芽。

她一邊上班，利用周末、日假期，重返校園。考上東海大學美術系，是她築夢的開始，經過四年兢兢業業，今年二〇二〇年六月終通過口考，取得碩士學位。

昨天，在她的畢業作品展中，我看到的表妹虹芳，消瘦苗條的身形、自信快樂的微笑，所有辛苦都過去了，築夢踏實，她留下無比美麗的夢痕。

如果說：作家是以文字來與讀者對話，那畫家是用她的圖像來說心靈。

虹芳說：我是誰？她認爲人生是一場尋找自我的奇幻之旅。誰都無法預測終點，而這世界既是現實又是幻境，到處充斥著眞眞假假……

所以我在她的〈面具系列〉，看到她對自我的質疑，女子以眞面目示人的時候多嗎？還是戴了許多不同面具對待不同的人等？

在與〈束縛〉對話中，我看到一張張脫掉的蒙面罩飛揚，是否都推疊著妳不同人生階段裡的喬裝？究竟哪一個才是本我？爲什麼女子總被有形、無形的東西束縛？

難道是女子的宿命？

〈記憶對話〉右邊衆女子都是妳、妳、妳（自己）……從過去走來，成全左邊現在的妳，一條絲繩拉扯著，任妳如何都擺脫不了的過去～甜蜜的、幸福的、痛苦的、尷尬的、失敗的……妳，只要與記憶對話，再不堪的妳的過去，都得概括承受，那都是孕育今天的妳的土壤。

〈蒲公英〉呈現女子堅強的生命力，風再大，飛翔的種子總可落地生根、延續生命的力量；〈浮華人生〉女子手中握住的繽紛汽球，下一刻可能化爲烏有，浮生若夢，誰也掌握不了璀璨的汽球。

虹芳養了十年的貓過世了，她難過了一陣子，將貓的永恆形象留在圖畫中，她說：貓是女人，細膩、孤獨、敏感…

我站在〈拼圖〉一大群臥倒的裸體、黔首、汽球間，黑線條圈畫出的界線，眞的讓人有一整張是拼圖的感覺；而另一張以榕樹爲意象：無數裸體女子是榕樹的盤根交錯，漫天繽紛的汽球是樹葉，虹芳的靈感來自於在東大看到的一棵老榕樹，這是一張很具原創性的作品，我喜歡……

還有〈掙脫〉、〈糾結〉〈轉動魔術方塊〉……無一不讓我與女子的命運產生聯

想。

虹芳平日低調、謙虛、少言，但內心蘊藏著很強的爆發力，她此次的作品，描述女人在情感中的矛盾與掙扎，陷在愛中卻傷痕累累，以堅強的面具自我保護，極具張力，能打動人心。

人有疆、藝無界，虹芳透過自由的想像，將生命歷程的記憶與經驗、愛與傷的一體兩面，真切地把情感融入創作中，開啟生命的無限可能。

走出東海藝術中心的展室，我望向一代大師貝聿銘設計的路思義教堂，夕陽餘暉灑滿草坪，四周圍繞蓊鬱的綠蔭，讓鳳凰紅燦燦的花出脫得更艷麗，似乎我又開始欣賞大自然自己畫出的美麗圖畫……

時時走入畫中，真好！

#〈觀照自我——跨越心靈的疆界〉6/22-6/27廖虹芳碩士畢業作品特展

#東海大學藝術中心

負重的起點與美麗的句點之間……

六月二十八日

國際蘭馨交流協會世界總會（SI）開始成立是在一九二一年美國加州奧克蘭～走過快一個世紀，是聯合國承認的INGO國際非政府組織婦女服務社團，

從此，女人幫助女人、女人成就女人的大業邁出神聖的步履——

直到一九九二年二月間台灣才由日本南區總會輔導，在台北、台中、高雄成立三個分會，於一九九六年統一名稱爲「國際蘭馨交流協會中華民國總會」並陸續成立各地分會，至二〇二〇年已有四十個分會，會員人數近一千八百人。

二〇二〇年六月二十八日，身爲省蘭馨一員的我，在高雄漢來飯店參加第二十二屆臺灣專區年會，美洲聯盟主席潘維剛、首任總監蔡玲蘭、現任總監張素靜……和來自各地的前任總監們以及各分會新、卸任會長加上所有會員，讓會場充滿女人香，一日看盡台灣花，眞美！那不只是擦脂抹粉的面貌之美，而是從心善散發出的氣質之美！

整個活動的重心在於台灣各地分會的會長交接～

有四十個分會就有八十個新舊會長上台，

卸任會長，服務一年，終於畫下美麗句點；
新任會長，接受新一年考驗，任重道遠，由此出發～
我在台下，看著一個個穿著禮服環肥燕瘦、各有姿態的女子，
在有限的兩分鐘內即席演講：
超過時間按鈴、按二次鈴、三次鈴……消音
有人介紹自己講錯了——變成新任市長、新任總監……
引來哄堂大笑，爲冗長儀式帶來歡樂、消去疲累，
我彷彿又回到高中校園，成爲演講比賽的評審老師，演講眞不易，
難怪幽默大師林語堂要說：演講要像女人的裙子愈短愈好！
如果說：白天的會場是蟬鳴不斷，充滿晝之美！
那麼夜晚的會場便是輝煌的螢繞著，充滿夜之美！
全場充滿女人翩翩起舞、歌聲洋溢的艷光四射，不描述也罷，就讓你去想像吧。

＃記參加二〇二〇年蘭馨臺灣專區年會
＃於高雄漢來

拾光之旅

七月三日

曾經不小心遺落的那些美好，在每一次的見面時，把它重新撿起來吧！拾起過去那些逝去的美好時光，這便是「拾光」。知道夏天的飛鳥，來到我的窗前，唱歌，很快就會飛走；而秋天的葉子會在詠嘆調中飄落……時光是不等人的。

我們終於選擇疫情稍歇、確診持續歸零的暫安心情下，辦了十多人的小型同學會，屬於淡江中文系的。

七月伊始，陽光熾熱，燃燒全台，無一倖免，山青海藍的花蓮更燙身。那麼，我們南北來的朋友就選擇搭冷氣充足的高鐵，在烏日高鐵站下，馬上可竄入等候在1B出口處中部同學準備好、調好溫度的轎車，直接到附近臻愛花園飯店，——占地五千六百坪、有一千多個停車位的飯店。我們從後方一樓室內停車場下車，通向前方的大廳，陽光一直被隔絕在外。等穿過歐式宮庭長廊，「櫻花VIP室」便出現眼前，美輪美奐的包廂，光看四圍冷色系的垂地窗簾，瞬間，整個身子彷彿沉浸在藍藍的海洋中，好舒暢！大大的圓桌容納十三個人仍覺寬敞，何況這是個有客廳、可擺

兩桌的空間，地毯的花色飛揚著喜悅，一如今天的餐敘也是紛飛華麗的氛圍。

據說這花園婚宴館，花六億打造，只是落成後，不巧，碰上疫情，其實它不管外觀、內部裝潢都雄偉、高雅到讓人驚艷……這次，讓我們這群人獨享了。

我們班上有兩個名女人——吳娟瑜和傅孟麗。一個是兩性、親子專家，穿梭在各家電視媒體上，是從俊俏小姑娘到成熟初老（她不准我洩露年齡）的妙女人；另一，則是替余光中、黃友棣寫傳的記者作家傅孟麗，現移居美國。

七月一日那天，吳娟瑜沒空參加同學會，卻正好要到台中演講，車達時間是十一點十八分，也是同學們集合的時間。所以群組上，她請求當天在高鐵1B出口的同學，一定要等她，她要給每一個人熱情的擁抱。

南部的男同學OA，一看到她的要求，馬上在群組發言：「本來還在思考要不要去1B出口處和大家碰個面，現在確定不去了！」（哈哈哈）

娟瑜不死心：「哈哈，我第一個要抱OA，淑如（OA的太太），對不起了！」

OA：「感覺應該和抱我的小孫女差不多，要抱隨時有，就不用跑那麼遠了！」

娟瑜：「淑如，幫我抓好OA，他那麼大個子，哈哈！」

OA：「好吧！慷慨就義，下次見面自動投懷送抱就是了！」

……這就是我們平日的對話！其實七十歲以後就沒有性別了，不是嗎？

（對不起，娟瑜，我還是洩露了妳的年紀……）

事實上，幽默的OA本就因身體違和要回診不來，可想而知，當天犧牲的是另一同學：我們可敬的甘班代，若沒班代的犧牲奉獻，我們怎可能兩個月聚會一次呢？

淡江中文系畢業都快五十年了，那古典宮庭走道、那戀著杜鵑花的蝶影、那白色牧羊橋的詩意……都不會離開過我的腦際；何況這群筆硯相親的同窗朋友！

人之所以愛開同學會，是因爲即使桃面、丹唇、柔膝不再了，但因爲青春結伴行過的歲月美好，會讓你留下深沉的想念；炙熱的情感，會像湧泉般不擇地而出，流在你歷經過滄桑、卻不曾傷到的某個心田角落。

午餐在臻愛會館，喝了紅、白兩瓶好酒——人生得意須盡歡，莫使金樽空對月！

午後在「FiMi咖啡館」品嘗咖啡的滋味，我和先生點單品衣索匹亞日曬咖啡豆的手沖咖啡，店家以類喝茶的茶壺和小茶杯爲飲具，好像說：這來自非洲有莓果成分的咖啡，同時，也混著台灣高山茶和烏龍的味道，很特殊……

送走朋友的黃昏，以特別來賓身分參加的慧芬，是當屆英文系畢業的同學。因是我大學室友、也是我明道同事（九十、九一年），要留宿我家。

路過明道校園，我們進去拜訪當年共遊湖北的蕭主任，多少往事並不如煙，被我們極佳的夢網捕抓住，大家共往事；晚上特邀鍾老師、明蘭夫婦來個自在輕鬆的音樂饗宴，回憶的民歌、光陰的故事…盡在歌曲中。

當晚，和慧芬回到昔日寢室時光，讓我們心血來潮，決定第二天到員林拜訪另一位室友屏珠，在她和先生屋後經營的小小花園裡，談論桑與麻的話題。自他們開始過園丁、農夫耕種的生活後，富賈王先生瘦了一二公斤，屏珠也纖瘦健康，他們歸園田居，是樂活的典型，好幸福。

許多熟識的面孔、所有溫馨的往事，都在這兩天裡讓我重拾了。歡喜拾光之旅……

#七月一日，小型中文系同學會

#七月二日，拜訪員林室友任屏珠

之間究竟發生了什麼？讀誠品創辦人吳清友的生命之旅
——《之間》

七月六日

從一月到七月之間究竟發生了什麼？
從生到死之間，又發生了什麼？
原來大口呼吸、到處旅行、人與人的親密關係、隨處可得的自由……
一夕間都消失了！
之間，新冠肺炎病毒肆虐，讓回家的路走了好久~
失落了五次例會之後，我們終於回到三餘每月聚會的家——明道中學領航教室。
滿座的教室裡，準備充足的主持人、導讀、指定分享，串聯了吳清友從生到死之間的故事……
關於紅磚牆的鄉愁、關於人是會思考的蘆葦、關於野地哲學家——母親、曾挑糞的董事長——父親……馬沙溝貧瘠結霜的大地，孕育了最美的人文種子，於是我們有了誠品書店，
儘管之間，清友遭遇了三重失去：健康、金錢、愛子。

但始終挺直腰桿、衣衫整潔，來自父親優良基因遺傳的自信、自尊，
讓他走過每一次坎坷的考驗，
也許算命的說他會出頭沒錯；也許他好運到：連做壞事都有好人相助，
但真正是他自己發的光，照亮自己。……
從生命起點到終點，清友就在「付出就是所得」的理念下，走得坦蕩無憾。
從史懷哲、弘一大師、赫塞赫曼……等的傳記取典型，所以他對閱讀有根本的信
仰。他說：「一切源於書，書是作者的靈魂、靈魂的糧食，是人類最偉大的創作結晶，
他因此義無反顧的投資——就是書店，不是其他。
之間，十歲離家、青春出過痲疹（指叛逆）、落榜三次、到大仙寺找到生命出口、
處逆境仍優雅、學會「看一生，不看一時」……告訴自己：從未失敗，只是尚未成功，
誠品元年，因善、愛、美的出發，傳奇由此開始，力排沾滯、衝過圍困、勇往直前……
其實之間，肉體的病痛，不斷膨脹的心臟，幾次開刀……都讓生命死而復甦，
最後，他的肉體消逝了，但精神、靈魂生命永恆，或許死而無知……
讓他不再煩惱這疫情之間，誠品又關了幾家！
感謝三餘讀書會，二十二年之間，讓這團體長大成熟，壯似挺拔青年，
即使停了幾次例會，一旦復會，分享團隊仍能井然有序運行，會友亦能有所得。
或許是：疫後，大家更珍惜共讀的時光吧！

高中老師開的麵店

七月八日

與錢廣老師第一次見面是五年前，在台中市宜寧中學，他是該校國文科總召；記得是六月下旬，我受邀在他們期末教學研究會上專題演講——好像是關於「如何提升高中學生作文能力」方面的主題。

那時，在一群笑容甜美的女教師間，他是唯一透著英挺之氣的男教師，我終於知道他受寵被尊、義不容辭當上總召的原因——如果你是文科男生，長得斯文，很容易會出頭的；也或許是萬紅叢中的一點綠，任重的職務便非你莫屬了！

五年後的今天，是我和他的第二次見面，在他開的「木公麥面」餐館，他搖身一變，成爲這家麵店的老闆兼掌櫃。頂上廚師帽、身罩長圍裙，青澀稍褪、文氣猶在，他的轉彎未免太大了，我仔細瀏覽從店招、對聯、門口小黑板的詩、一櫥的文學書籍……像美麗的裙裾在工作服下翩然起舞，洩了底，這是文人開的店——氣質不一樣的麵店，我開始肅然起敬。

錢老師在私立宜寧中學三年後，考上公立草屯商工，可見他是實力優秀的老師，但毅然離開杏壇的原因有二：社會氛圍、學生的質變，讓教學的理想很難實現；另因

岳父年齡已老，留下自一九八四年開創的麵館沒人傳承的遺憾，這種北方手藝的絕活，若斷然失傳，十分可惜，身爲女婿的他——舍我其誰？於是瀟灑轉身，無怨無悔。

我有些同輩朋友的孩子，留學美國取得碩士學位，回國後開冰店、麵館、咖啡店……的，他們的父母經常會感嘆：如果知道他要開店，當初就不必唸到大學、碩士……了！

那還是「萬般皆下品，唯有讀書高」的士大夫觀念，其實唸了書再開店，他所有的學問、器識、見聞、談吐……都成爲滋養這家店的養料，你看到的裝潢、室內布置、桌椅材質、甚至放的音樂都有其品味。來到這樣的店，感覺舒適、與老闆聊天還甚有收穫呢！當然，一家店的傳承廚藝，底蘊雄厚，更是致勝之道，也是客源不斷的主因！

今天，我們和朋友共四人，圍坐在木質很好、乾乾淨淨的一張桌前，我們各叫了一碗介於紅燒、清燉的牛肉麵，牛肉是牛腱心的部位，超乎一般店的牛肉塊，覆蓋在澄黃Q彈的麵條上，油綠的青菜是最好的配色，牛肉入口即化；我們還叫了幾樣十分可口小菜——滷豆包、海帶、花生、豆乾、木耳……幾乎一下子就掃光，才覺得這眞是隱藏在小街口的盛宴，難怪連非假日都座無虛席……

老子《道德經》中說：「治大國，若烹小鮮。」伊尹見湯，告訴他：「做菜既不能太鹹，也不能太淡，要調好作料才行；治國如同做菜，既不能操之過急，也不能鬆弛懈怠，只有恰到好處，才能把事情辦好。」商湯聽了很高興，便以伊尹爲相。

別小看做菜，以爲雕蟲小技，治國大道盡蘊於其中。

以此勉勵「教而優則廚」的後輩小生錢廣，你已站穩腳步，努力行去~你會成功的。

#木公麥面（木公麥面卽會意字「松麵」的意思，錢廣老師的岳父名「松」）

#此麵店位在台中市富貴街37號（非廣告，但一定有人會問起，所以先告知。）

親愛的老師，您也畢業了！（精神富貴，老師不老）

七月九日

知道林仁豪老師今年七月屆齡退休，心想：真有六十五歲了嗎？看起來，依然有著年輕時候的身材，好像連笑容也還是三十年來始終如一，變化不大，滿面春風、滿心喜悅，也許他一生奉獻給孩子的愛，可以湧泉般不竭的原因，在於他永遠有顆赤子之心。

記得兒了初一考上明道美術資優班，班上只有三十個學生，他是導師。

由於班級人數少，師生互動良好，像個孩子王般，他帶領他們窺探知識之海，對一個十三歲的孩子，是多需要呵護的年紀！他既是游泳教練，也是在一旁守候的救生員，由於他的認眞，孩子喜愛他、家長信任他。那也是孩子嚮往典型的年齡，林老師的言教、身教給了他學習的楷模，某一天，突然發現：兒子的樣子、舉動，竟然與他有些類似（林老師站著講話時，有時雙手會不知不覺中插在後腰，天啊！兒子也是。）

生活上，那時年輕的他，像個囝仔頭王，替孩子安排課後校園打壘球、烤肉活動，他玩得比孩子瘋狂；有時以「去棒球場看比賽」獎勵用功的學生……等等，總之，教育在生活中進行，或許在充滿愛之中長大的孩子，我的孩子似乎沒經叛逆的少年期便接軌了高中。

高中聯考，兒子以高分、排全市高中聯招第五十四名的成績回母校繼續上高中模範班——原因不只是因有優厚獎學金吸引；更因爲高中導師還是林仁豪。

再續師生緣三年，人生有多長？

初高中六年，在「豪哥」（他們學生對老師的暱稱）帶領下，孩子成長茁壯，成懂事青年。

除了抽長到一百八十公分的身高（已超過老師），在林老師的資優特教安排下：高一考上清華化學先修班、高二跳級考上台大心理系（放棄就讀）、高二參加全國化學實驗競賽榮獲第四名（感謝已逝曾慶安化學老師）……最後高三畢業，與班上另十位同學，一起考上了不同醫學大學的醫學系。

大學畢業後，這些醫生學生們在南北醫院服務，他們自稱是「豪門弟子第一代」！

後來林老師更有經驗地帶領他的豪門第二代、三代、四代……成爲明道名師，據說多次有公立學校挖角，他都不爲所動，執著於爲效忠明道教育而努力！

輕風繫不住流雲，流雲帶走了歲月，又到鳳凰花開季，

當時，參加兒子高中畢業典禮的情景歷歷在目，

如今，輪到林老師也要從教學生涯中畢業了。

也許教師追求的只是「精神富貴」不爲世俗羈絆，守住年輕的熱誠，因而「老師不老」～

而校方肯定這樣付出的老師，希望他退休後繼續受聘回校當「教學策略顧問」，實至名歸。

兒子託我在林老師退休前夕送去賀禮，

仁豪老師既是我多年同事又是兒子六年的導師

在此寄予最高的敬意，感謝您！

生日來得眞快！

今天是你的生日——去年、前年、十年、二十年、三十年、四十年……
好像才過的生日，如跑馬燈飛馳而去
年年，這個日子都像一顆鮮明的印記
印刻著我們母子情緣
也圈畫出你生命的年輪
今天是你的生日——台中、三義、苗栗、新竹……一路向北
雲彩變幻著晴、陰、雨、晴……的萬千氣象
或許人生的四季如斯更迭
只要靜定掌舵的手，往前
目的地就在眼前
林口．晴天．吹響夜宴歡樂的笙蕭
兒子~生日快樂！

七月十日

靜定與出走

七月十九日

都知道：生活的美好，源自一顆平常心……
可是，眞正能感受到「平凡最美，簡單就是幸福。」的人，並不多。
那是人性的試煉，是過盡千帆後的淡定。
如果你在安守家園後，騷動的心不遠颺；多頓家常菜過後，味蕾不出走；
無視好山好水在呼喚；遺忘擁入懷裡的親人溫度，那麼你應該是個靜定的人。
原以爲就這樣的靜定心湖，被遠方兒子的生日吹皺，我們還是出走。
幾天林口的相聚，依然美麗如詩、似畫。
靜定的畫面定格在七月中旬的某一天午後，
這時，燠熱隔絕在窗外，海洋般的屋裡，流動著快樂的因子：
媳婦在清潔廚房的背影；
兒子摺著一疊陽光濾過、帶肥皂香的小孩衣服；
兩個孫子擠在白色亞麻布沙發上，凝視手機畫面；
爺孫對弈，黑白子的戰爭開展；

我默然坐在一旁，啜飲大紅袍古茶樹汁液……

沒有電視的干擾、濾光鏡般厚片落地窗外，聽不到夏鳥、夏蟲鳴唧聲，只覺幾朵雲靜定在穿透褐紗窗簾外不很藍的天空裡；角落邊，孫子養了幾個月的獨角仙靜定在牠們的木箱裡，……只要自在就是安樂窩。

可是，待不住的是小孩平靜過後躍動的心，黃昏過後，開車出去。

在OUTLET繞過奢華的誘惑，選家義大利餐廳，比孫子臉龐還大的披薩，滿足他們大大的食慾，我們則沉醉在海鮮麵的松露香和厚厚一層細屑般的起司味裡，也許味覺的旅行是安慰今夏無法歐遊的補償吧！

走出去，最後的目的還是回家。

兒子的家，是我們出走時，最舒服的民宿；但回到自己台中家，男耕女織（哈哈，那是古代）各司其職——他在灌溉心愛的花草；我則回到看書、寫作的日子……

見山又是山，見水又是水，平凡原就最美，簡單便是幸福。

這個下午有人陪伴你嗎？（《許我一個夠好的陪伴》三餘會前會）

七月二十日

盛暑七月，超過35度高溫的正午，除非有十分吸引人的約會，我是不出門的。何況去的地點對我來說，眞是陌生，但我還是克服所有外在不利的條件，因爲有個更積極、比我外出更困難的會友「姑姑」（芝嘉）說要在轉八十一號車的大業路口等我，帶我去居雅堂附設的JYT咖啡館——今天是三餘讀書會八月例會前的「會前會」。

一直覺得三餘是個認眞的讀書會。

我們在浩瀚書海裡披沙揀金，畢竟一年只有十二本共讀的書目，能不謹愼嗎？我們用心經營每月一次的例會，好讓集體迸發出的火花，照亮人生之路。

爲了讓每次例會完美呈現，於是我們有個運籌帷幄的「會前會」～

說到「會前會」那是一種「凡事豫則立，不豫則廢」的觀念，因爲讀書會成員大多有謀生之主業，行有餘力才閱書；除非像我這樣的退休、等閒之輩，或專職、兒女已長大的家庭主婦，否則眞是寸金難買寸光陰，白駒過隙，一個月一個月很快就流失，如果不用「會前會」（通常是例會之一星期或十天前召開）來提醒，可能該月上場的人會遺忘。藉此非正式的聚會：分配工作、聊書本內容、抒發感想、提出困難、交流情感……等到正式例會，團隊在有組織、事先安排工作的情況下，必可達到更佳的效果。

會前會，每人發言，沒有時間上的限制，場地的美學一講究、加上咖啡氤氳的氛圍，眞可以拉近會友間的距離，平日道貌岸然的人線條柔和了；平日寡言口訥的人辯才無礙了；有人打開心門、再也關不住的眞言流露了，突然發現：去了規條藩籬，大家其實都是暢所欲言的，若加上有個開心果穿插笑話、有個攝影師要你耍帥、擺姿，替你拍出今生最美的相片，那眞是不亦快哉的事！

整個悶熱的下午，我們卻感覺有一股淸泉流過心頭，一邊討論德國媳婦吳品瑜的書，佩服她對婆婆臨終貼切的照護；也談到中西文化、倫理觀念的差異、談到養老村、談到榮格的心理學……總之，三個指定分享都認養了一些主題，導讀更有備而來，和作者有密切的聯絡、聽過她的演講……至於主持人，經驗老到，只要到時穿針引線、縱橫捭闔、注意時間控制，相信一場成功的例會指日可待。

最後想對作者吳品瑜說：我們準備好了！請你放心，我們愛妳的書，也追蹤妳的FB，我們在介紹書之餘，會讓更多的人去讀妳的書，因爲妳用愛陪伴婆婆的同時，也感受到被陪伴的幸福，付出，不僅爲別人，也完整了自己，因而擁有圓滿人生。（只遺憾，疫情所困，妳不能從德國回台，否則妳願意爲我們導讀的，不是嗎？期待還有機會，先謝謝妳！）

今天下午，因出席的三餘會友們陪伴，感覺很美好、幸福，謝謝你們。

#三餘八月閱讀《許我一個更好的陪伴》，今天是會前會

這一夜，不可承受之重～可以《許我一個夠好的陪伴》嗎？

八月三日

走出八月三餘例會的領航教室，第一次感覺：心裡脹滿的情緒，還沒有倒盡，於是，五、六個會友仍圍繞著，在雨後清朗的校園，繼續有關人生告別的話題……此刻，正是天心月圓……（推算應該是陰曆十四、十五吧）

有些黑暗，我們都一樣；有一種悲傷，是你的名字停留在我生命的過往，揮之不去，讓我每當想起，便無法正常呼吸、無法擁有往昔的微笑模樣。

今晚，許多生命的故事在流轉著；許多的眼淚，在眼眶裡打滾著，突然——忌妒起時光，能大踏步地離開，我們卻沉淪在感情的漩渦裡，只因爲告別。

天若有情天亦老，何況是血肉之軀的感情動物？

想起陪伴三位老人（公、婆、母親）走過老年歲月的辛酸，素姿會友沒有遺憾。因爲她個人在心理學的領域裏，知道怎麼做調整。轉念間，海闊天空！很令人佩服的是家裡三個八、九十歲高齡長輩，都在她開朗、樂觀的陪伴下，找到安寧之所，臨終都是在自己最熟悉、喜愛的床上，不容易啊！上壽之人，免除外力急救、免除無尊嚴

的受苦。人生自古誰無死？能在自己每天的臥榻上，慢慢闔上世間疲累的眼，進入永夜的長眠，不也是另一種幸福？素姿真是一個夠好的陪伴！

惠君會友是中醫師，忙於看診之餘，每天有一餐一定陪母親（母親曾是癌症患者）吃飯；力安會友自從二〇〇七年拿到長照證書後，至今仍在不斷地接個案照顧；淑娟會友在龍巖工作已十七年，服務近兩百個家庭，在每個家庭最徬徨無助的時刻，給予協助和支持；在有自主及尊嚴的人生終點前，讓他們畫下圓滿的句點。凌健會友則在營造社區老人關懷據點上努力不輟；惠珠會友從職場退休後，和先生錫勳一起照顧九十多歲的婆婆，她說：我終於不是婆婆面前的一陣風，我可以停下迅速通過的腳步，好好聆聽她說什麼？新會友若珉則回憶年輕時有一同學得癌過世的傷心往事，當紙片癌末同學說：我真的不想死，你可以救我嗎？是多麼殘酷、令人動容的場面！

而最後分享的是聯華會友，哽咽的聲音，貫穿會場，原來從6/13到7/23照顧甲狀腺癌末母親的臨終，她終於知道一個心愛的人，如何讓你手握手膚慰中，痛苦傳達想安樂死的意願，如何在最後生命的搏鬥中，讓妳第一次看到電視畫面般的心電圖，歸於海平面一線……多麼痛的感覺啊！

我則分享先生的一個觀念：母親是自己的！

先生五十五歲時，以簡任工程師、事業最顛峰期戛然停止工作的原因是：爲了陪伴八十六歲的高齡母親！雖然那時家有越傭，但沒有一個越傭可以勝過兒女在旁陪伴的安全感、幸福感吧。

常說：一個媽媽，可以養六個小孩，六個小孩卻養不了一個媽媽！其實，小時候，一群孩子拉著媽媽的裙襬爭寵時，哪一個孩子不愛獨享媽媽？

長大後，繁華的世道中，卻讓我們迷途，禁不起名利物慾的誘惑、找到養家活口忙碌是正道的充分理由，母親終成爲：在幕後角落、枯等兒女眷顧的一盞燈。燈火漸暗，生命終將走到盡頭……，先生說：人人小時爭要媽媽，恨不能獨佔媽媽！現在大了、老了，可以照顧媽媽了，卻把年老力衰的媽媽推給其他人，或要大家平分奉養的時數、錢數，媽媽情何以堪？

所以，先生獨佔媽媽、盡心盡力到媽媽百歲圓寂之時。

（～圓寂不只用於僧侶，功德圓滿者，亦可用之）。

至於其他手足如何盡孝，公不公平？他從不計較，因爲媽媽是自己的！

我發現他是一個夠好的陪伴……

感謝作者吳品瑜的這本書《許我一個夠好的陪伴》，就像在我們的心湖丟下一顆石頭，激起的漣漪一圈一圈向外擴散、終不可止。……起初，只感覺石頭是不可承受之重，接著，美麗的漣漪一直振出我們的共鳴，從三月到八月（因疫情拖延到八月），我不斷地重溫書中品瑜帶給我的驚喜與感動，也在品瑜其他FB貼文中，看到她延伸出來的夫妻、母女、鄰居、朋友……間的陪伴問題，她說：唯有愛自己之後，就

會用愛自己的方式，自然而然地推己及人，一點都不需要用大腦去想怎樣做，才是對他人仁愛。而說故事更簡單了，就是用耳朵聽見心的聲音⋯

今夜，我們聚在一起，聆聽每個人內在心的聲音，而我的此文，只不過紀錄會友們的故事，兼做自己心靈的書寫罷了，共讀，真好！

#三餘讀書會八月三日例會《許我一個夠好的陪伴》有感

父與子

八月八日　父親節之一

每個在父愛中長大的孩子，突然在這一天，看到親愛的爸爸老了：
青山何時覆雪？臉上幾時偷渡歲月刻痕？
不復彈性的肌膚啊，不再犀利的目光啊，都在對歲月提出無言的抗爭⋯
只在面對逐漸長大、羽翼豐滿的孩子時，他的微笑還擁有永恆不變的溫柔。
父與子，子與孫⋯⋯一代一代形貌的傳承、血脈的連結、心靈的流通，多麼令人感動的美好鏡頭，在我眼前上演。
簡單的客家菜，來自大餐廳、大節日的客滿之餘的享用，竟讓我們省了舟車勞頓之苦，省了大魚大肉的剝削之金，把時間留給了唱歌、留給了歡笑和聊天。
這是不一樣的父親節過法。
喜歡兒子比老爸還成熟的嗓音，喜歡他們唱的「父親」（筷子兄弟歌曲）——咀嚼其中耐人尋味的歌詞：
總是向你索取 卻不會說謝謝你
直到長大以後才懂得 你不容易

每次離開 總是裝作 輕鬆的樣子
微笑著說 回去吧 轉身淚濕眼底
多想和從前一樣 牽你溫暖手掌
可是你不在我身旁 托清風捎去安康
時光時光慢些吧 不要再讓你變老了
我願用我一切換你歲月長留
一生要強的爸爸 我能為你做些什麼
微不足道的關心 收下吧
謝謝你做的一切 雙手撐起我們的家
總是竭盡所有把最好的給我
我是你的驕傲嗎 還在為我而擔心嗎
你牽掛的孩子啊 長大了
時光時光慢些吧 不要再讓你變老了
我願用我一切 換你歲月長留
我是你的驕傲嗎 還在為我而擔心嗎
你牽掛的孩子啊 長大了
感謝一路上有你

這不是普天之下，人子的心聲嗎？我家的父親節，在父子倆的美妙歌聲裡、孫子聒噪的笑聲中，悄然滑過，但願你們也感受到這一個溫馨節日帶來的快樂！

兒子的歌聲

八月八日　父親節之二

以最溫柔的方式來改變世界，便是唱歌。
如果你聽見我的心跳，那是因為我用生命在唱歌，
行醫救世、歌聲療心~
平凡如我，在那一刻，卻想用歌聲感動你的心。
父親節那晚飯後，谷豪唱了〈堅持〉〈新不了情〉……

#兒子在北醫就學期間曾擔任過杏聲合唱團團長、指揮，並以第一個學生團體受邀在德國柏林愛樂廳演唱過。
他們父子都愛唱歌、會唱歌，疫情期間，聽好歌聲，的確很療癒。

好爸爸們集合～家聚復會囉！

八月九日

每兩個月的家庭聚會，因疫情停了半年，今天終於復會了！第一次再重聚，正逢父親節後，我們替這家族裡的好爸爸們，舉行慶祝活動。南北來的親人坐滿滿的四桌，枝繁葉茂，老少群集，熱鬧滾滾。連我在細數關係脈絡時，都覺有點迷糊，例如：大姪女的孫子我該稱他爲什麼？外甥的孫子呢？研究到後來，發現外國人男的長輩都叫Uncle、女的長輩叫Aunt，好像簡單多了！

也或許現代人比較少有大家族集合，所以沒有我的困擾。可是周遭的朋友倒是十分羨慕我們家族這樣每兩個月的聚會。而我們之所以喜歡天倫團聚的快樂，來自我們的大家長——先父生前的喜愛。開朗樂觀的他，像一棵大樹，家人便是開散出去的枝葉，他以雄壯的雙手護衛我們、擁抱我們；他又像大海一般，用寬廣的胸懷，容納每條奔向他的細流，我們在歲月的疲累間，每每因此得到喘息的安慰；每一次聚會，也都會激勵出大家再次面對塵世風雨的力量。那股愛的暖流，流過皺紋滿面的第一代、流經勤奮滿身的第二代，流向粉頰嫩心的第三代、天眞無邪的第四代……
日復一日，聚會的史頁裡，寫著天長和地久……
每次不同的資訊在傳遞：誰考上了台大材料力學研究所、誰找到科學園高科技工程師職位、誰上了中山女高……（今年訊息）
接下來是三個結婚消息：某個姪孫女十一月要結婚、另一個姪孫是明年四月、還有一個外甥孫是明年九月…紅色的喜訊炸開來，幻化成五彩繽紛的汽球，我們的心已然開始飛揚了起來！
還有屘舅的小女兒，暑假從東大美術研究所畢業，大家準備在清流部落開香檳慶祝……
話說，先父留給我們的基因之一是：好酒量，連十八歲的外甥孫女都會喝陳高，我們連乾好幾杯，遑論那些外甥輩、姪子輩…的酒國英雄，我們找到最好的喝酒理由是：古來聖賢皆寂寞、惟有飲者留其名……人生得意須盡歡，莫使金樽空對月，喝吧！杯底毋通飼金魚……
此刻，更舉杯遙對太平洋彼岸的美國家人，期疫情趕快過去，讓你們可以早日回復平常，再飛回台灣，與我們團聚共飲……
#8/9家聚在台中永豐棧餐廳。

搶救中文大戰~連線上課中

八月十九日

讀到一首英文小詩，很美

I love three things in this world.
Sun, Moon, and You.
Sun for morning, Moon for night, and You forever.

原以爲英文已經很美了，直到看到中文的翻譯，醉了！

浮世三千，吾愛有三。
日，月與卿。
日爲朝，月爲暮，
卿爲朝朝暮暮。

中文眞的很美！但不容易學，你看：光一個動物數量單位詞——一「匹」馬、二「頭」牛、三「隻」猴子、四「條」狗、五「口」羊……都不一樣，那駱駝、大象該用「隻」還是「頭」？眞是「一個頭兩個大」！

還有更難的萬事萬物：

一「首」歌、二「張」桌子、三「把」扇子、四「輛」汽車、五「架」飛機、六「根」棍子、七「面」鏡子、八「朵」花、九「盞」燈、十「畝」田……

不同的單位詞象徵意義不同：

一「缸」好酒是大量；一「罈」好酒是有量；一「瓶」好酒是小量；一「盅」好酒，是雅量！

同樣的數量詞可代表有形、無形：

一「片」花海、一「片」汪洋、一「片」落葉、一「片」火海、一「片」眞情、一「片」歡騰、一「片」冰心在玉壺……

別再舉例了！我正在對著一個ABC的11歲外孫連線上中文課呢！

他摸著頭、搖著頭，對這抽象的東西弄得糊里糊塗，還好，沒溜走。

因爲疫情仍未趨緩，愛自由的美國人不肯好好戴口罩，他們說：不自由，毋寧死！我說：死了，就自由了，一了百了。

話說被困在家的日子，也過得太懶散了，孩子這一年的學習將被荒廢掉，美國開學好像要到一月中旬之後，於是亞裔的父母急了，女兒對她兒子整天不規律的生活感到不安，於是隔個太平洋求救，我答應給他線上中文的課，每週一次。

我盡量讓他從遊戲中學中文創作和表達能力。其實，小學之前，他的中文還不錯，但全美語的教育環境下，讓他像孟子說的「一曝十寒」……中文漸漸淡忘。

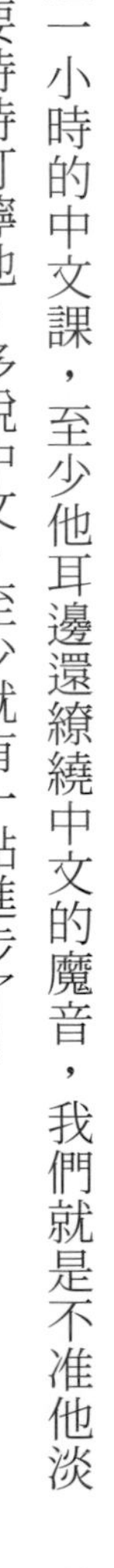

還好，每週一小時的中文課，至少他耳邊還繚繞中文的魔音，我們就是不准他淡忘他的語言，只要時時叮嚀他：多說中文，至少就有一點進步了！

總之，最近這一、兩個月都在爲：

搶救中文而努力呢！

旅遊印象：蹦蹦車與懷舊古道

八月二十四—二十五日　宜蘭行

許多的旅遊景點，必須要付出時間的代價，才可以讀出它的內涵；如果你是匆匆趕路的過客，注定只能驚鴻一瞥，留下浮光掠影的印象，安慰自己：行腳走不到的，就用想像的翅膀去翱遊吧！

參加台中公教退休聯誼協會主辦的：宜蘭太平山、礁溪抹茶山……兩天一夜之旅。

從台中到宜蘭太平山要花三小時十分，在車程上。還好退休老師們不乏好歌喉的，美妙歌聲伴我們同行，縮短一路的迢遙辛勞。

東北角有一座太平山，靜靜地坐落在心頭，因爲距離我的世界好遠，只知道那個年代，從羅東到土場之間仍有鐵路，山間是以蹦蹦車和流籠協力運送木頭的年代……現在蹦蹦車又恢復它的活力，但角色已從運輸搖身一變成觀光功能。

搭乘蹦蹦車，應是太平山旅行中最讓人難忘的行程了。蹦蹦車原名爲「山地運材軌道車」，過去，蹦蹦車主要用於載運木頭。太平山的運材軌道共有十六線，總長度達一百多公里，其中茂興線是太平山山地軌道橋樑最多、最具運材軌道代表性的路段，包含起迄站沿途共經過五個車站，長度近二十一公里。

但目前蹦蹦車對外營運的路線爲茂興線的太平山——茂興段，長度約3公里，搭乘時間約十五分鐘。我們坐在三人一排的蹦蹦車上，體會一路上土地和鐵軌、鐵軌和車身碰撞出的聲音及搖幌的感覺，一面看著大自然放映的藍空、白雲、青山、綠樹交織飛過眼簾的大自然影片，在20度氣溫下，御風而行，眞有逃離盛夏暑熱，難得的舒適感，整個心情也隨之在風裡飛揚……

下了蹦蹦車已是黃昏，到「見晴懷古步道」是四點四十分，導遊只給我們二十分鐘停留，也就是來回各十分鐘，你說這不是蜻蜓點水嗎？

見晴懷古步道，曾被列爲全球最美二十八條小路之一，步道中包含太平山「見晴線運材軌道」的部分路段，原長2.35公里，目前僅開放至0.9公里。

斜陽照在見晴懷古步道中，仍可看見鐵道、木馬、台車輪軸等歷史痕跡……

旅外的人被興奮燃燒的心不寐，很早便被晨光喚醒。

今天要去登抹茶山（也是之前的聖母山），據說在日本攝影師「小林賢伍」登山攻頂後，在IG上傳照片，並寫下「臺灣の抹茶山」。鏡頭下呈現美麗的抹茶色山嵐，披覆著綠色草浪的抹茶山，就位在聖母山莊後方山頂，想攻略這處美景，當然必須要經過5.33公里的「聖母山莊步道」然後登頂，才可欣賞到抹茶山勝景。

上午八點半，出發到集合十一點半，只有三個小時，我們努力走了一個半小時，到「通天橋」3.7公里處，便須折返，未竟全功。但沿途看到的聖母天主堂美輪美奐、五峰旗三層瀑布雄偉壯麗，始知：過程比結果重要，其實，乘興而去，盡興而返，也是圓滿。

匆匆的宜蘭行，瀟灑走一回，雖時間太短，但正好碰上美好的七夕情人節，而與相知相惜的人同行，也算是一趟美好之旅了！

九月七日

十年檢視一下自己……（讀隱地2002、2012系列日記有感）

十年長嗎？以等差級數堆疊上去：十、二十、三十、四十……人生究竟能擁有幾個十年？孔子說：三十而立、四十不惑、五十知天命、六十耳順、七十從心所欲不踰矩……

去除前十、二十懵懂、摸索期；後八十、九十失智、無能期，真的，我們剩下有知有感的十年不多，能不好好經營、把握嗎？

隱地說：每隔十年，我們翻一次人生底牌，十歲的時候，我們完全不知道二十歲時會是種什麼樣的人生？同樣七十歲時，我們也不知道八十歲時會是何種樣兒？

今日種因、明日得果；十年種因十年得果，因因果果、果果因因，種善得善、種惡得惡，有時偶然、有時必然。（2002/隱地P.238）

或許每隔十年，我們在別人的眼睛裡，看到自己的底牌；從自己的眼睛，當然也看到了別人的底牌，包括美醜、善惡…包括時事的變遷、包括失去的親情。

十年生死兩茫茫，不思量，自難忘。千里孤墳，無處話淒涼。縱使相逢應不識，塵滿面，鬢如霜。

夜來幽夢忽還鄉，小軒窗，正梳妝。相顧無言，惟有淚千行。料得年年腸斷處，明月夜，短松岡。（蘇東坡的《亡妻王氏墓誌銘》，只隔十年，他和恩恩愛愛的妻子王弗一生一死，造化眞是弄人。）

陳奕迅的歌〈十年〉：

十年之前／我不認識你／你不屬於我／我們還是一樣／陪在一個陌生人左右／走過漸漸熟悉的街頭……

十年之後／我們是朋友／還可以問候／只是那種溫柔／再也找不到擁抱的理由／情人最後難免淪爲朋友……

（十年的催化、變化，由疏而親、又由親而疏，豈是你所能料？）

起初，童年的一天一天，溫暖而遲緩，但一下子，十年、二十年翻飛而去，無情而倉促。我們只能看著由壯而衰的身子、漸漸髮蒼、視茫、齒搖……初始，還想掩蓋不堪的老態，終至無法掩蓋！老，眞的像怪獸撲面而來，擋也檔不住……

但審視隱地以十年爲度的六個十年：

第一個十年（1963-1972）出版五部書

第二個十年（1973-1982）出版七部書

第三個十年（1983-1992）出版六部書

第四個十年（1993-2002）出版九部書
第五個十年（2003-2012）出版二十部書
第六個十年（2013-2019）出版十六部（持續增加中……）
目前共有六十三部作品，第一部是《傘上傘下》第63部是《美夢成眞─對照記》
看來，他的十年、十年……都在自我激勵下，以文字的厚度累積生命的高度。
在他的日記體散文，也有三部曲：2002/隱地～2012/隱地～2022/隱地（期待中）也是以十年爲度，越過歲月之河，審視自身蛻變的痕跡，同時驗收生命之樹結出的花果。

隱地的日記體散文在內容方面：環繞他的生命歷程及生活體驗；風格方面；包含他的人格個性與情緒感懷；主題上，訴諸自身的觀照思索與學識智慧，整體說來，個人色彩十分濃厚，但因他的出版事業，所以也突顯出時代的特徵，因此，明道文藝陳憲仁社長說：「隱地藏史」，即著眼於他散文中的時事搭配與史識鑑別，眞是替文學史厚積資訊。

隱地的個人日記：悼往、懷人、記事、存史的筆調，爲台灣記住文學，爲文學記住我們曾經走過的時代，留下見證。

當初未料，閱讀隱地的《漲潮日》（少年自傳）、《2002/隱地》（66歲日記）、《2012/隱地》（76歲日記）……會讓我在他私人的生活紀錄片中，看到大時代的縮

影；也省思自己與他交疊行過的年代，彷彿許多同悲同喜的事件再度上演；彷彿許多的讚美和感歎一起掉落心湖、泛起漣漪……這是共振、共鳴的力量吧！

啊！生命就是這麼一截十年、十年一截的被砍去，眞的驚心動魄！

如今二〇二〇年，他已高齡八十四歲，但八年前《2012/隱地》日記裡的一些老人疾病並未打倒他，他依然在爾雅堅持上班、依然例行他的生活美學、依然熱情接待去書房參觀的師生和讀書會朋友，所以，我相信二〇二二年，86歲的隱地必然可以如他預期的出版日記三部曲中的第三部日記《2022/隱地》。期待中～

三餘將在下個月（10/7）北上，第三度拜訪爾雅書房，期待在繁弦急管的生活中，給我們帶來一場文學滋潤的悠閒之旅吧！

#三餘九月例會，討論《2012/隱地》

#這次從主持、導讀、三個指定分享都是老師，教師們的敬業準備，讓人安心。

信箱裡的驚喜～

九月十四日

現代人很少在信箱旁等待，尋求一份的驚喜……
因爲這是書信式微的年代，Line、FB取代一切。
那麼，信箱何來驚喜？
是退稅通知？是五顏六色附優惠券的廣告？還是僞中獎訊息？
No～
你絕對想不到！
我家門口旁的信箱，大約每兩個星期左右，總會在某一天，於信箱內，
發現一包牛皮紙袋裝得滿滿的、剛烘焙好的半磅新鮮咖啡豆。
可我從來不曾碰上神奇出沒的外送員～他
但我總會在這個幸福的咖啡日，隨著紙袋上不同的標示文字
陷入美麗的聯想……
SL28AA茉布玉莊園蜜處理 原產地 肯比亞 5/22烘（蜜處理，有甘甜感覺）
水洗 藍標 藝伎 翡翠莊園 巴拿馬 12/6烘（藝伎，粉紅聯想）

巴布亞新幾內亞 天堂鳥AA 6/22烘（天堂鳥，飛翔、幸福感覺）

馬拉威 醉夢 日曬 藝伎 酒香雙重厭氧發酵 8/22烘（酒香？醉了！）

牙買加 藍山 NO.1克里福頓莊園 12/23烘（藍山，頂級）

耶加雪菲G1 果丁丁 日曬 6/19烘（衣索匹亞耶加雪菲？什麼是果丁丁？）

還有義式混豆、巴西、瓜地馬拉……

日曬、水洗、蜜處理……淺烘焙、中烘焙……尚未喝到咖啡，我已偷偷在紙袋上的閱讀裡陶醉不已，遑論牛皮紙袋後面，按下透氣閥時，每次滲出不一樣的氤氳香氣，帶著我的嗅覺，向世界各地的高山咖啡樹林去做的奇異之旅。

其實，這兩、三年來，我天天享用剛烘焙出來的豆子煮出的咖啡，眞幸福啊！長期提供我這免費咖啡豆的是廣先生～我學生立仁去蒙古旅遊時認識的旅伴。愛屋及烏，因著立仁，我和廣先生也成爲好朋友，這是一場美麗的邂逅。

從此，廣先生除了常請我們去他家喝親自烘焙、用義式戰神第二代煮出的85度C咖啡。也不知從何時起，他覺得我們太忙，於是，直接權當宅急便外送員，把剛烘焙好的咖啡豆，神不知、鬼不覺地放在我家的信箱裡，讓我驚喜不已。

想想：從北屯東山路到烏日明道二十二公里的遙遠，因爲友誼，成爲咫尺之距。每次發現信箱裡的咖啡豆，除了感激、還加上好奇，心想：廣先生，下次我迎接的是世界哪裡產的咖啡豆呢？

今天，應廣先生之邀，去他家喝濃郁的雙倍黑咖啡外，他還烘焙好耶加雪菲的咖啡豆，讓我們帶回家，並在「東山棧」請客，他說「能飲一杯否？」

其實，我們共飲了兩瓶啤酒，外加蘇格蘭威士忌。

原來美酒加咖啡的滋味，是這般美好，感謝你，廣咖啡達人！

藝遊蔚境之後，沉浸茶香……

九月二十日

開門七件事：柴米油鹽醬醋茶，看來都是俗事，但覺「喝茶」是雅事。詩詞書畫詩酒花，樣樣均雅事，惟「酒」會誤事。

今天，我做了兩件雅事～賞畫、品茶，不亦快哉！

三餘會友胡春惠的先生是個才氣橫溢的畫家，名叫鄒錦峰，畢業於政治作戰學校美術科，軍旅生涯二十八年後，以陸軍上校退役，在太太的建議下，開始投入城市速寫的領域。住家附近的巷弄、千里之外的城堡、陽台初開的花蕾、海上屹立的鳥居，一支筆、一張紙可以簡約亦能繁複。在他速寫的景物中，充滿了清新的色彩，以畫家特殊的眼界，帶領市井之人看到喧囂之中的靜定；也讓陽光灑向陰暗的角落，不覺中，發現不管在哪裡，他都會發現美麗的花朵。

這個星期日的下午，來到鄒錦峰藝術創作展的會場，首先被〈藝遊蔚境〉的標題吸引，「蔚」字讓我想到：菊科艾屬的植物，在夏秋時，莖端綻放出的穗狀形淡黃小花；想到「蔚藍」晴空；想到草木茂盛「離離蔚蔚」……總之，可以藝遊蔚境，是多麼逍遙自在、多麼美麗的畫面啊！

此次展覽爲鄒錦峰擔任2019義大利烏爾比諾水彩節示範講師以及2019第四屆亞洲河內速寫年會示範講師時所紀錄之人、事、物。從海上欣賞水都威尼斯；俯瞰藝術搖籃佛羅倫斯，透過細膩的刻劃記錄當下的感動。河內清晨的腳踏車販、鮮豔的花朵、美味的食物，點綴帶有法式風情的城市。同時展示每年在台灣各地的旅畫心得，每一筆都是對這塊土地深刻的連結。

喜歡義大利佛羅倫斯之景，畫作是以壓克力爲媒材，用暖色系的橘爲主，讓這城市彷彿沐浴在金色陽光下，長幅畫軸般的開展出廣闊的視界，其實是由三張可以獨立的畫作連綴而成，就像你看國畫「清明上河圖」一樣，一幅幅都在訴說不一樣的故事，你看那毗連的橘色屋頂、一格格潔白窗子、矗立遠方的褐色尖塔、藍色流動的河……這時，你會感受到與徐志摩先生寫的「翡冷翠的一夜」完全不一樣的色彩，方知作家與畫家是以生花妙筆，帶著我們進入他們的感知世界，那麼的主觀，卻都營造出不同的美感。

也喜歡越南河內的小品，不管挑擔的老婦、俏麗的賣花女郎或擺攤賣水果的小販，栩栩如生，彷彿你正與她議價……

梨山道中看到的山形線，一系列作品用抽象線條呈現，卻不是完全用翠綠山色，超現實的塗抹上粉紅、紫色是創造浪漫的氛圍；白、灰色是一種山被現代文明破壞的痕跡……

目不暇給之餘，我們被春惠帶到一間佈置得雅致的房間（應是這家和顏牙科診所的會客室）去享受茶席美宴。司茶人也是三餘會友——林美惠。

一舉手一投足都是美，我們喝了GABA茶，據說這種烏龍茶有安神作用，應是和「厭氧技術」有關，還喝了白茶。有道是：「一日無茶則滯，三日無茶則病」因為「人在艸木間」便是「茶」，人喝茶，眞是舒暢之事！有聽過嗎？——美酒千杯難成知己，淸茶一盞可成益友（～喝酒會鬧事，朋友可能吵架吧！茶可以淸心也。）

沒想到在和顏牙醫診所有這樣的美學空間，既賞畫又喝茶。

司茶人美惠氣質優雅，她為了茶湯作品，營造了一個美好的空間和茶席的能力，這和奢華無關，而是她對茶之生命的了解與投入！

藝術的生活原就是觀照、享樂的生活，弘一大師說過。

這個下午，我如實了解了！

#鄒錦峰2020藝術創作展

服務生命是一件快樂的事

九月二十一日

很巧的安排，在921這震撼天地的日子，我跟蘭馨的十二個會友們，一起來到瑪利亞愛心家園，作半日社服的工作。

許多的舊會友都曾來過這位在台中市南屯區東興路450號的愛心家園，我卻是第一次投入該園中秋月餅包裝流程的工作。心裡充滿著付出的喜悅……

陽光投射在標示著「愛心家園」的大門壁牆上，讓旁邊的四顆紅心更鮮明它的熱情；灑在蓊鬱大樹上，更亮麗了枝葉的蓬勃生命力。等進入「身心障礙福利服務中心」，看到櫃檯下方書寫的墨跡：「服務生命是一件快樂的事」及大廳後牆血色書寫的「愛永不止息」都讓我感動。……右壁上一系列繽紛的油彩花卉畫，是一位當年腦性麻痺的學生的作品，如今他已唸完大學資訊系，回到這裡——瑪利亞服務，成爲該處員工，一串串眼界內所見，激盪著我的心：再陰暗的生命角落，陽光都會尋找到它的縫隙，照射進來。

戴著頭套、塑膠手套，我們進入工廠內，許多心智障礙的學生天使都是中秋月餅的第一線製作者，我們只是負責包裝、裝盒的工作，有貼月餅標籤的、有裝同色月餅

的、粘膠帶的、摺紙盒的、最後完成整盒包裝的，我眞的是初體驗，雖只短短兩個小時，卻被制式的動作控制著，腦袋只能放空，手也累了，才知不容易啊！工人一天都在做著同樣的動作，不辛苦嗎？不禁對他們肅然起敬！

瑪利亞收的都是心智障礙生，但他們以全面性與專業性的社會服務面向，幫助學生，看見他們的差異性，從而有系統去引導他們，讓他們發揮潛能，……走出一條人生之路。

幸福的我，此刻，看到不完美的他們製作出的完美月餅，深覺不可思議的感動；而那些帶引羊群的牧羊人，愛既是初始也是歸程——畫出的正是中秋的滿圓月亮，洞澈人間陰暗，讓苦難遁形，瑪利亞社福機構　直在做著：服務生命的快樂事，而做半日志工的我，此刻才開始走向付出的道路，但願也是我生命另一種意義的啟程。

#隨蘭馨會友們到瑪利亞愛心家園做社服工作

#會後與創會長蔡大大及會友們到怡夯（也是蘭馨會友）開的西餐廳聚餐

爲出發而準備～三餘十月例會的會前會

九月二十三日

三餘讀書會眞的是一個嚴謹的讀書會，所以非誠勿擾！

也就是：它不是一個以應酬行爲、商業交易或冀望非分交友爲目的的社團。

但，它卻有一個海納細流的胸襟，只要喜愛閱讀的人，它都會伸出雙臂擁抱你。

有時間、精力的會友多付出；台上五分鐘，台下十年工；

沒時間、還在職場奮鬥的會友們，卽使無法看完全書，也別愧疚，歡迎來聽分享，各取所需，讓知識發酵成智慧，成爲你轉念的開始、行動的助力……

每個例會討論的書，事先總有一群人在爲出發作準備，導讀反覆閱讀它；指定分享設計分工；主持人縱橫捭闔：串書、認人，作穿針引線的工作：看起來，我們在搭建一種「蜘蛛式」的主動閱讀鷹架，進而具備「蜜蜂式」的創造性閱讀能力，我們試圖擺脫螞蟻般的閱讀～只將閱讀材料照單全收，無法主動思考、組織與內化。因此在這些工作團隊的努力下，希望從書裡採集回來的東西，變得更可口，花汁可成甜蜜；高粱變爲醇酒。

每月例會前，我們總聚在一起未雨綢繆，但因沒有制約的節奏，能更自由發揮。

或讓大家就書之內容集思廣義獻策；或大馬行空閒聊；或擺首弄姿照相；或品茗論餐，眞是自在快樂！

在「學田有藝」既沒標咖啡館也沒餐廳兩字的地方，一杯咖啡、一分餐點、一本書、一首旋律，就是你獨自一人的片刻寧靜；也是三五好友分享的空間……

地點正確、朋友正確、書本正確……我們的這個下午好充實！

至於叔本華爲什麼要掉眼淚，一月二日例會後，敬請期待。

放飛的風箏，盡情翱翔吧！

九月二十八日　教師節心語

雖然放手的那一刻，曾心疼你會跌跌撞撞～
還是從我溫柔的手中，把線放長、放長……直到抓不住

你已學會翱翔
開始嚮往那更高的藍天
我便放開牽絆的線……讓你飛翔
直到隱沒在蒼穹盡頭
抬頭的目光轉為心裡的祝禱

每一句「之乎者也」都是「唸愛滿滿」
或許有一天，會從無聊的課堂蹦出
化作你面對歧路的指針
若世道坎坷、人生不如意、心處暗室

請望向這一盞如豆燈火

親愛的同學
你若不離不棄，我便點燈相依
你若自我放棄，我依然竭盡全力
甘願做個追風箏的老師
在每個仰望天空的日子，看你優雅飛翔的身影……

唱在心裡的歌～

九月二十九日

想唱歌就大聲唱；想走路就邁開步伐；美食當前大啖其味——對我們來說，再自然不過的事。

可她不行～我們親愛的姑姑。

習慣暱稱她為姑姑～其實她是我早期明道學生金鈴的姑姑，金鈴當年加入三餘，把愛閱讀的她也帶進來，姑姪同在一讀書會，大家便隨金鈴叫她姑姑，久而久之，她就成為大家的姑姑了！

若不是為鼻咽癌留下的後遺症所苦，她可是電台節目主持人、氣象播報員～穿著時髦、開著跑車的職業婦女，集智慧與美麗於一身的她，在中廣、明日電台都曾留下她甜美的聲音。

若不是為鼻咽癌後遺症所苦，她不會在努力做餐飯之後、或在餐廳山珍海味之前，停住蠢蠢欲動的口慾～只用美目盼兮，化身成替我們挾菜的服務員，只要在一旁看我們老饕似的大啖嘴臉，她便高興～通常我可沒這樣的胸襟；但有吞嚥障礙的她，是透過大伙的滿足，去咀嚼她幾十年前失落的美好滋味感覺。她一直是貨眞價實的美食家~有大她八歲的先生等著三餐、和一路養大的四個男孩……柴米油鹽怎會難倒她？

但，在她吞嚥困難之際，我依舊看到她穿著漂漂的服飾，充滿喜悅的笑容，帶我們進出她評價過的好餐廳~品嚐她想像中最美的龍蝦、鰻魚、螃蟹、生魚片……的滋味。

也許你會說：不能大吃的她，在一旁侍候我們、看著我們吃，何其殘忍……

但注重生活美學的她，總在出門前把自己餵飽（應是吃些流質食物），不讓我們看到她吞嚥時困難的形象。

她十七歲又幾個月時的高中時代，校方本推薦她參加競選「中國小姐」的活動，卻因當時年齡未滿十八，沒有資格，而擇另一同學，那同學ｘｘｘ後來也進入了前五名；心想：若非年齡不足，我們漂亮姑姑的人生史是不是會改寫？那麼後來我們有機會認識她嗎？能在她的生命裡與她交會、擁有既是朋友又像親人般的感情嗎？

其實，姑姑在腦海中儲存了好多膾炙人口的好歌，哼在心裡的，都是大家耳熟能詳的經典流行歌。

這個美麗的下午茶時光，我們喝過姑姑特調（咖啡酒＋伏特加＋咖啡）的味道之後，微醺的氛圍裡，她坐在最喜愛的博士弟（我先生）、鍾老師（明蘭先生）兩個美聲男之間，由她指定歌曲（用紙書寫的），就這樣一路唱下去，把黃昏唱盡！〈戀曲1980〉〈戀曲1990〉〈童年〉〈夢醒時分〉〈花心〉〈一道彩虹〉……姑姑的臉上綻放著青春時代才有的玫瑰笑靨，大家一邊拍手一邊和著，在響遏雲霄的聲音裡，彷彿我聽到當年那個愛唱歌姑姑如黃鶯般的歌聲，穿越歲月之河，向我奔來，戛然停在我耳畔，成爲永恆……

平常，姑姑的腳力還不錯，但若前夜睡不好、沒有進食夠量的流質食物或行程拖得太長，到後來，通常她的電池會沒力……

說好的走明蘭家後山的行程，就只好由我和鍾老師夫婦去完成了。

體貼的博士弟（姑姑認我先生當弟弟，她總這樣稱呼他）則自願放棄走路，陪姑姑在廟前坐著休息，據先生說，他們用文字交談，聊很多。

想像習習秋風裡，夕陽餘暉下，兩個沒有血緣的姊弟，一來一往的筆談，多麼安靜的時刻，對照每天我的聒噪，先生應更喜歡這樣嫺靜的筆談交會時光吧。

據說：「世界最美好的時刻」徵文比賽第一名的答案居然是——太太睡著時……是否我要好好反省？開始作個安靜的太太，把嘴巴掛在牆壁上！

話說我們三人則繞山路健走，遠山的夕陽不成形的霞暉，氤氳迷濛，就讓各色花成爲今天鏡頭下的主角。

今天的聚會，從上午十一點半到下午五點半，

姑姑一旁看著我們：吃得很樂、唱得很樂、喝得很樂、走得很樂……
她眞的以我們之樂爲樂。
事實上，我們的快樂唾手可得；
我要說的是：只要姑姑快樂，便是我們最大的快樂。
姑姑，努力把體力培養好，下次再一起上山下海，一起唱歌跳舞喔！
逝水年華，人生多美好～

如果不紀錄，很快成歷史……

十月二日

昨天的雲，不是今天的雲；但昨晚的月亮，會是今晚的月亮嗎？
一般人比較肯定月亮的永恆性，所以說：
古人不見今時月，今月曾經照古人。古人今人若流水，共看明月應如此。
那麼，錯過人，有遺憾；錯過月亮，沒那麼遺憾吧！除非是較難得的血月。
昨晚，共看明月時，身邊是什麼人？愛人、親人、友人、社團、邂逅的陌生人？
是在家裡院子、山上、海邊、風景區或朋友家？
許是風氣影響，許多人看烤肉的時間可能多於賞月的時間吧！
我和先生昨天下午去走大肚萬里長城，夾道看不到羊蹄甲開的粉紅色花朵，只偶爾在綠葉間會發現褐色的幾片枯葉，台灣之秋——「我把樹葉都染紅」的鏡頭只屬於高山的；這平地丘陵的蜿蜒步道上，充滿的還是相思林、苦楝樹……蓊鬱的一片綠，有時春光乍現的是一年四季都燦放的九重葛……

我們在石階前止步（怕傷膝蓋），卻來回走了兩回山路步道，直到黃金般的夕暉灑滿樹梢、篩落地上，形成光影斑駁交錯的景象時，才踏上回家的路。

心想：中秋節這天的夕陽倒是很美，美得讓我印刻在心版上。

而別人等待的是日落月升的夜晚。主角從夕陽換成一輪大大的明月……

因爲是兩人的中秋節，吃了應景的月餅、文旦後，便縮回休閒室內的舒適圈，看了一部電影「首席指揮家」~在性別歧視嚴重的二〇年代，「史上最偉大女指揮家」如何打破時代桎梏，首開女性指揮家先河，從演奏廳服務生走上「首席指揮家」的眞人故事，好聽的古典音樂、動人的愛情篇章……讓我陶醉不已！

幾年來，能讓我記憶深刻的中秋節，屬於二〇〇九在廈大附中「寂寞鎖清秋」時看到的漳州之月和與大陸老師同事們一起玩的「博餅」遊戲~此起彼伏的搖骰聲，依稀耳畔。……其實，當時我是輸家，但獎品卻最多，都是周遭贏的同事們給的。他們說：中秋節博餅，博的是一個開心，博的是一個好兆頭…這種遊戲是從鄭成功時代，爲撫慰官兵思鄉之情就有的遊戲，一直傳留到今天。我很喜歡，因爲，眞的讓我遺忘「每逢佳節倍思親」的相思之苦……

也記得二〇一九秋天，在丹佛女兒家陪他們過的中秋節，好像外國的月亮沒有比較圓，但卻吃到從洛杉磯帶回的台灣月餅（張挽夫婦盛情送的），稍慰思鄉情懷。千里懷人月在峰，我在異國中秋明月夜，更想念台灣的家人和朋友。

那時才眞懂唸了千百次的「但願人常在，千里共嬋娟」詞中深意。

今年九月二十日，蘭馨社團提前過的中秋節，也讓我有另一番新的體驗。

「獨樂樂不若與人樂樂」「與少樂樂不若與衆樂樂」，整個幾乎達百人的女性社團，那天有七十五人左右參與，所謂「三個女人是一個市場」，二十五個市場是多麼壯觀啊！不待鑼鼓就已喧天，姹紫嫣紅、美麗動人！真看不出這許多事業、家庭兩相顧的女人們，可以歌聲嘹亮、肢體曼妙，舞出人間最美的春天！

其實已秋光淡淡，心裡卻跳動不老的春天樂符，我蘭馨的姊妹們，是我學習生活美學的楷模。

若我不記錄這些精采的畫面、留下生動的相片，一切就走入歷史了！

請記住：相逢不用忙歸去，明日黃花蝶也愁……

#蘭馨慶中秋（2020/9/22）

#走大肚萬里長城（2020/10/1）

叔本華的眼淚從四月流到十月……

十月五日　三餘例會

《叔本華的眼淚》是歐文・亞隆二〇〇五年的小說作品，在虛構的情節之外，巧妙地將存在主義哲學家叔本華的一生和標準的團體治療過程交錯編織；一虛一實，相互呼應，一個關於生命、存在和死亡的動人故事，於焉展開。

當罹患癌症，只剩一年可活的心理治療師朱利斯，見到多年沒聯絡的老病人菲利普時，心裡大吃一驚。二十三年前，菲利普有嚴重的性上癮症，每天沉溺於獵豔行動，直到嘔吐爲止。而今，菲利普依然傲慢冷酷、目中無人，卻取得「哲學諮商師」執照，全心推崇叔本華的悲觀主義，認爲它可以解答一切困惑。（我認爲菲利蒲患的可能是：「性」上癮和「哲學」上癮，巧的是，性上癮的毛病卻在哲學上癮（對叔本華的信仰）中得到了救贖～）

朱利斯不喜歡菲利普，卻答應要督導他，條件是他必須先參與團體治療。這個團體裡，有遇見婚姻難題的小兒科醫師、哀嘆年華老去的美麗女律師、成天跟人打架的水電工、對前夫和情人滿懷憤恨的文學教授、無法表達情緒的經理人、缺乏自信的圖書館員……。當疏離冷漠的菲利普走進團體治療室，兩眼瞪著天花板，不與人目光接觸，口中卻不斷冒出犀利而絕望的哲學經典，他的加入，宛若一顆特殊的石子，在團體裡激盪出一陣陣不斷擴大的漣漪，伴隨著朱利斯走完人生最後的旅程……。

歐文．亞隆是美國當代重量級的精神醫學大師，以精湛之筆寫下這部深刻探觸存在與心理的療癒小說。

本來是三餘四月要討論的書目，因新冠病毒疫情，延宕到十月才討論，這之前，會友們有很多的時間去研讀；而幾篇閱後心得，也在本讀書會群組網頁上發表過：有人著重寫作筆法分析、有人強調團體心理諮商、有人摘錄書中耐人尋味的智言慧句……總之，好書不厭百回讀，我們因此更認識悲觀主義哲學家叔本華的身世、成長、親子關係、不幸遭遇……的一生，才知他除了是悲觀教主，也是孤獨大師，他說：「一個人只有在獨處的時候，才能成爲眞正的自己。如果他不喜歡孤獨，那麼他也不會熱愛自由。」

其實，透過叔本華（菲利浦）和朱利斯（團體諮商）錯綜交替的寫法，我找到這本書探討的四個主題：死亡、孤獨、自由、存在的意義。

正因爲我們都是人——只要是人，就會落入與他人連結的生命互動。所以書中描述團體諮商七個團員的故事，深深吸引我們，在經過半年他們精采的分享、療癒過程，連起初冷漠、不想投入其中的菲利浦也慢慢關心起周遭的別人；

而朱利斯也在別人的生命裡，得到治療。

若非歐文．亞隆對叔本華的通透研究與了解；若非歐文．亞隆這位精神醫學大師

無數次在團體諮商的領域內，有著令人矚目的實際治療經驗與成就，都無法完成這本震撼、擄獲東西方世人心靈的巨作。

——每個人都在用不同的方式，爲自己的困境找到出路。

——現代人的各種生活狀態，都如實在本書呈現……

所以，流了半年的《叔本華眼淚》，可能在今晚討論過後，不再流了，但擦乾眼淚之後~

我依然會記住這個孤獨生活、孤獨死去的哲學家叔本華，他的墳墓上放著一塊沉重的比利時花崗岩，只要求在墓碑上刻上他的名字：亞瑟．叔本華

~沒有日期、年份和隻字片語……

他的歸去，也許無風雨也無晴的沉寂，但躺在這平凡墓碑下的他，卻用他的作品替他說了許多的話。

#三餘十月五日例會，討論《叔本華的眼淚》作者：歐文．亞隆。

擱淺在台東雲、海間……

十月十三——十五日　人在台東

在疫情搗亂一切之後，我們年年四月如潮汐般準時的大學同學會，竟擱淺了六個月，才在東台灣美麗的海岸登陸～

等待，是爲了更好的遇見；等待，果然嘗到更甜美的幸福。

※序曲

主辦的友仁、秀菊賢伉儷迎我們於台東火車站，乍見他們的喜悅，不言而喻。

從島內北、中、南一路高鐵、台鐵奔馳而來的二十二位同學們，當眼底台灣海峽綠、藍層層的海水，轉換成太平洋更遼闊的湛藍時，我知：台東到了！

大家相擁時的快樂，是再也蓋不住的浪花，一次次襲上心頭。

原來我們班每年三天兩夜的同學會，絕對超過四十人，可惜四月買好機票的美國同學們，卻擱淺在疫情嚴重的異國，踟躕難行，都去退了票，或把預匯的同學會費用捐出來當公積金，只一個洛杉磯的胖子（聰榮），堅定成行，不畏隔離十四天的痛苦，我想他是太思念大家和台灣美食吧，值得被頒：最佳勇氣獎。

想想大學畢業四十九年後的今天，我們還有二十四個同學（包括眷屬），在此相聚，不容易啊，祈求田園靜好、歲歲年年。

※我們的第一天（10/13）下午茶：可可娜咖啡（Coconut Café）海岸景觀餐廳

高大椰子樹、茅草屋、遠方山線起伏、藍藍的天、白白的雲、海水浪花～以爲自己身在泰國海島還是印尼峇里島（現不正流行「僞出國」？）

這是位在杉原海邊富山護漁區的景觀咖啡廳——可可娜咖啡Coconut Cafe。或在南洋風的亭子裡發呆或聊天；或欣賞海天一色的美景；或漫步木棧道餵魚；或在蔚藍大海旁，放鬆喝咖啡，的確很愜意、很療癒。

但這日喜相逢，我們有聊不完的話題，於是，　切切的山、海、沙灘漸漸退遠，換成一張張放大的容顏，此刻，閱人比閱景有趣多了！

黃昏，回到鹿野嶄新的「綺麗溫泉度假村」。賞我們的是一頓個人豐盛的火鍋晚餐，馬祖陳高的40度還不如我們友誼的溫度，但足以溫暖旅人的心。微醺的感覺，讓每個老同學的臉都在朦朧間年輕了起來，彷彿我逆溯過歲月之河，回到淡水海邊，回到亦儒亦俠亦溫文、有書有劍有肝膽的青年時代，是誰吹皺了額頭、吹白了黑髮？如今大家都成七十老翁、老嫗，任誰也不能令時光倒流、使草原欣榮、花卉奔放，然而我們不必感傷，情願在殘留部分再找尋力量！

（英國詩人華滋華斯說過，不是嗎？）

※我們的第二天（10/14）布農部落、鹿野高台

久旱的台東，竟在我們來的第一天夜晚，下起傾盆大雨，我們原來的行程——池上焢土窯——大坡池——DIY米苔目的行程都擱淺了，眞是計畫趕不上變化，還好修過《易經》的我們都知道：不易、簡易、變易是大自然和社會之通則，我們就順勢變易一下，或許這是老天的安排。

主辦的秀菊一再致歉，但我們卻因此得以到布農族體會原住民另一種風情畫——失之東隅，收之桑榆。聽他們有如天籟的多部合唱曲、看他們的表演劇，質樸中有熱情，順天樂命的生活情調，可不是都市人能體會的，就像走出劇場後，我看到的流雲是那麼自在、瀟灑，他們擁有慵懶、愛自由的天性；當然規則的制定和制約，還是需要在這個部落給族人再教育，否則他們肯定會漸漸趕不上文明的腳步。經濟，的確是要靠勤勞、努力來經營維護的……

走出美麗的部落，我們上鹿野高台。

向晚，天氣放晴，但所有風箏公園、熱氣球、滑翔翼……活動都因疫情關係取消，也因爲如此，連賣紅烏龍茶的有名茶館都休息，我們找了一家小小咖啡館，又圍坐聊永遠說不盡的話題，現在換成健康講座，交換心得。同學不想走的，就喝咖啡聊是非；健腳的則經過緩坡的青青草原，直到瞭望高台，一覽衆山小。我和先生也花了來回四十分鐘，去高台上逐夕陽，踏在雨後微軟的青草地，腳下有鋪墊的觸感，眞舒

服，我倆是喜歡走路的族群，在科技時代裡，人類也許只有憑藉雙腳，才能擁有眞正的思考，我唸過《走路，也是一種哲學》，期望我不太愛走路的同學們，坐著不如站著，站著不如走著，我們還要一起走很長的路呢。

※第三天（10/15）初鹿牧場與武陵外監的午餐

旅程只剩半天，我們悠閒徜徉在遼闊的初鹿牧場，看可愛動物牛、羊、馬、驢子⋯⋯以各種姿態生活著。大樹下，有奇特的四角羊、聽聽驢子尖叫聲，好嚇人！馬是英俊奔跑的小生、乳牛則充滿母愛的溫暖。我們這些老小（老人像小孩）被可愛動物逗笑外，還被東台灣秋天欒樹吸引，台灣欒樹在秋天開花後，結紅色果實或換褐色衣服的變裝秀，好美！遠山重巒疊翠，線條柔和，好美！近處靑靑草地，好美！藍天裡變換魔術的白雲更是東台灣天空最美的圖騰，我醉了，我的心擱淺在台東，帶不走。

午餐在武陵咖啡館，你想在美麗的武陵外役監獄吃「牢飯」可不簡單呢，佩服所有服務員的熱情、認眞；製作、烘焙精美食材的精神。進入武陵後，眞的忘路之遠近、不知身在何處？一場原以爲會有點畏懼的地方，卻成修習的道場，激勵人心。人是否可以在跌倒處爬起？當他們抬頭隨處可見的悠悠白雲，自由遨遊，會令他們羨慕嗎？

遊覽車送我們到台東火車站，大家又要告別。

帶著秀菊夫婦滿滿的台東之愛，這次，我的步履又被擱淺在東海岸的沙灘上，舉步維艱……

（淡江大學第十二屆中文系同學會有感）

拜訪爾雅，與隱地面對面

十月十八日　星期日

拜訪爾雅書房，是今年四月就訂下的行程。

經過漫長六個月的等待，終於在今天實現了，大家心裡充滿了無比興奮、喜悅之情。等待，是為了更好的遇見，等待，果然讓我們的感覺更加甜美。

微雨的星期天早晨，進入廈門街113巷（也就是所謂的文學巷），爾雅書房位於二樓，大片落地窗口正對保護級的百年雀榕，我想起爾雅出版社的經營宣言：「在有限的生命裡／種一棵無限的文學樹」。

室雅，何需寬？簷低，不礙雲，這小小的沙龍，蘊藏文學的命脈，生意盎然。

隱地先生果然像一棵不老的長青樹，迎我們以精神奕奕的燦笑，貴眞老師頂一頭可愛的蓬蓬短捲髮，一襲連身衫裙充滿童眞的活潑，看不出歲月究竟給她的年輪是多少圈？在他們賢伉儷的親切氛圍裡，我們二十八位讀書會會友們，彷彿走入秋天裡的春天，大家喧騰成爾雅花園裡到處飛舞的蝴蝶，我們在努力吸收文學森林裡的芬多精。而隱地先生至性的心情分享眞的讓人如沐春風……

很榮幸以二〇二〇年三餘讀書會會長的身分，代表三餘，說出我心裡的感言。

敬愛的隱地先生、貴眞老師：

「結廬在人境，而無車馬喧，問君何能爾？心遠地自偏」在喧擾的人世間，因爲你們擁有一顆安靜的心，所以能在這一方文學的淨土，享受田園靜好的無驚歲月，令人羨慕。

首先，從社團公務上來看，三餘讀書會和隱地先生你的爾雅出版社、爾雅書房都有很深的緣分。

我們從二〇〇二年起到二〇二〇年，閱讀過你的《漲潮日》、《十年詩選》、《帶走一個時代的人》和《2012/隱地》四本著作。

我們曾兩次拜訪過你的爾雅書房。分別是2005/3/6、2019/10/13，加上今天——2020/10/18是第三次，但我想我們的約會還會一直繼續下去的，知道你的日記三部曲——《2022年/隱地》將在你八十六歲時出版，於是我們在心裡默默預約二〇二二年的某一天，你的日記裡，將會有一頁是留給三餘的，可以嗎？

其次，從我個人和隱地你的關係，也是淵源甚早。

也許，你記得，也許你忘記，但那交會時互放的光亮，一直保留在與你的合照中。

那一年，你出版了《文化苦旅》，大陸作家余秋雨因而聲名大噪，余秋雨被邀到明道中學演講（一九九六年）當時，我是《明道文藝》的編輯，和社長一起安排這場

接待你們的工作，余秋雨先生的演講盛況空前，坐滿四百人的明志廳外，另在隔壁的閱覽室架網路實況轉播，以免擠不進演講廳的學生向隅。聽陳憲仁社長說：你最尊重出書的作者，從不拖延該給的版稅，尤其和余秋雨的簽約，一簽就是十年，打破一般出版社紀錄。你除了愛書外，也爲出書的人奉獻一切心力，令我感動。那一天，明道老校長廣平先生、明道文藝社長、四個編輯老師還有你們貴賓，在頂樓招待貴賓的餐廳午宴，能和秋雨先生、你……等人的雅敍交談，眞太榮幸了！

後來你的書，我一路追隨，雖未閱讀完全部，但凡你人生重要的書——不管散文、詩、日記……都看，最後的總結是八個字：「隱地藏史、隱地無隱」——你替民國流動的文學史、民國記憶的作家資訊，保留最多的文學史料，你的一生藏著文學，你的文學藏著歷史，所以閱讀你的書，等於閱讀民國流動的文學歷史。

而更進一步，與文學史平行的日記文學，每十年出版一次，是你個人的斷代史，不同你文學上的編年史，我看到你與現實社會的互動，所以在其中，我讀出你對音樂、電影、藝術的愛好；我跟你去熟悉的飯館吃飯、點你愛吃的魚、品你愛喝的咖啡……事實上，九月的天空非常「隱地」，爲了導讀三餘《2012/隱地》，我再把《漲潮日》《2002/隱地》……徹頭徹尾研究一番，謝謝「隱地無隱」你把一般的食衣住行育樂各種生活面向都呈現在文字裡，於是，突然覺得靠你好近。

知道你家有突尼西亞「撞頭咖啡」，我也是咖啡愛好者，正好有個咖啡達人廣先生是我朋友，每個月都喝他親自烘焙的各種不同品種咖啡。這次，特央他烘焙牙買加藍山和葉門摩卡咖啡豆送給你和貴眞老師，他說烘焙好的咖啡——第八天起最好喝，並請於十五天內趁新鮮喝掉（當然十五天後也可以喝，只是就變泛泛咖啡了。）

另我們三餘讀書會也準備一對「明道熊愛娃娃」，請放在爾雅書房，守候你們的幸福平安，也代表我們「熊愛爾雅」（台語）的心意！

最後，代表三餘對「把文學當宗教，把爾雅當廟」，永不放棄文學夢想的隱地先生、貴眞老師獻上最崇高的敬意，謝謝你們的盛情招待，謝謝！

再續～與隱地的對話

十月二十日

二〇二〇年十月十八日，三餘金秋之旅，在晚上八點左右畫下美麗句點。回到中台灣烏日的夜晚，我的心卻還盤繞在爾雅書房裡，我戀著王愷那幅「西班牙情人」的畫、戀著來不及細賞的許多新書、戀著貴眞老師看不出年輪的可愛笑容……

即使牢記著隱地先生說的「把握當下」

而那「美好的當下」卻如「夢幻泡影，如露亦如電」般消逝了，沒有聲音、沒有影子！有點惆悵之際，接到這樣的訊息，讓我又快樂了起來。

您好：

我是爾雅出版社的編輯彭碧君，由於隱地先生沒有FB帳號，看到貴眞老師FB上您的留言，想要讓您知道他的感想，所以將訊息留在這裡。

淑如：

一讀再讀你的留言，以及細細回味十月十八日，你在爾雅書房說的每一句話，眞是讓我回味無窮；時間拉回一九九六年，許多畫面從記憶中跳了出來；謝謝你讓一切文學的寒冬現象，彷彿又有了溫度，原來是你為文學添了一把火，提醒我好好加油，重新把2022年的日記寫出來！

等待那一天再相會！

隱地 敬上 10/20

謝謝你碧君，其實隱地先生對我來說，是個很有溫度的作家、出版家、老朋友……即使才第一次踏進爾雅書房，卻感覺彷彿前世來過，那種熟稔來自書本上、雜誌上的文字介紹；來自我周遭隱地好朋友陳憲仁社長的口述；更來自我逐字逐句在他的2002/2012兩年日記裡的窺探……

見到他們賢伉儷，如一陣春風吹過，喚起屬於不老歲月的回憶，關於余秋雨的《文化苦旅》、王鼎鈞的《隨緣破密》（《黑色聖經》）、蕭蕭《現代詩遊戲》、《青少年詩話》還有一系列的作家日記、各年度詩選等等，沒有隱地爾雅出版社的書，我的文學心田必定不會如此豐饒……

謝謝隱地為我們做的一切，在他栽種樹木成林的歲月中，我一直認識他、欽佩他。萬古長夜，一燈即明，隱地是文學的掌燈人，他為我開啟一扇窗，看見文學更廣闊的天地，也讓這喧囂的時代、徬徨的生命得到救贖。

我們相信《2022/隱地》的日記一定會有三餘的一頁！
祝福仍埋頭在爲紙本書努力的隱地及所有工作團隊
健康平安！

2020/10/20 淑如 敬上

看畫之必要／喝咖啡之必要／吃牛肉麵之必要……

十月二十一日

雖說：悠閒出文化，但我一直無法悠閒起來，天天馬不停蹄，累積太多的快樂，沒法趕在日日的午夜前交卷，乾脆，來個配料豐富的總匯三明治，讓你咬下去的瞬間，也有幸福三倍券的感覺！

A.（10/19 Pm. 2:00-3:00）三餘才女詩雯二〇二〇「寄語畫中」油畫個展

三餘今年的執行長黃詩雯，是六年級中段班，算是三餘年輕之秀，除了在明道大學、朝陽、嶺東等大學教藝術史；更有私人繪畫創意教室；還經常演講——對象幾乎都是工商界、導遊界對藝文有興趣的團體；這樣忙碌之下，也不忘個人繪畫創作。

之前，欣賞過她兩次畫展，這次在文心畫廊的油畫個展，當然也要去囉。

三餘幾個對繪畫有興趣、目前也在學畫的會友們也趕赴了這場藝術饗宴。

昨天去爾雅、大稻埕旅遊的疲憊未卸，但似乎有種聲音在耳邊，那是屬於美麗的一陣微風，風告訴我：馬斯洛心理需求除了五種外，一九五四年他又在《激勵與個性》一書中探討了另外兩種需要：求知需要和審美需要……

那麼，我來是爲求知和審美的需要吧！

兩張以「拉大提琴女子」爲題材的畫，二〇〇六年的是「寫實派」的細膩；二〇〇八年卻有「未來派」的粗獷，這是她心境的轉折，連後者，額上炭筆代表的滄桑都抹上了，其實，這是畫在說話。看她的畫，不管二〇〇六一系列大自然山、海、建物，或後來的人物，都用了立體派——以切割線、解構、再建構的技巧爲之，看似簡單，其實色塊、線條的排列、安置要讓人有舒適之感不容易，她說她不同一般畫家的寫實，因爲她是在二〇〇六年鑽研畫論技巧，以之來做畫的。

個人欣賞的角度不同，主觀的美學，我偷偷問先生：你喜歡哪張？先生忘不了二〇一六「寶貝」那張嬰兒眼邊垂掛的淚珠，他說：我見猶憐；旁邊一個先生則欣賞二〇一〇「古老時光」那張寫實的靜物，我還可以接受立體派用切割線解構建構的「彈鋼琴的女孩」……

時光會老，繪畫留住永恆，高更、梵谷以他們心中的顏色作畫；畢加索、布拉克用切割線解構、建構，讓人費思，這都是繪畫中的秘密，我是外行人需要再訓練，謝謝詩雯給我的引導。~看畫之必要。

B.（10/20 Am. 10:30-11:30）參訪魏爵咖啡烘焙工房

一向對咖啡有興趣，感恩之前認識的廣咖啡達人，長期接受他烘焙的各種咖啡豆，既新鮮又美味，加上無償的饋送，人間的幸福莫此爲甚。

但究竟如何進口咖啡豆？如何將帶殼的咖啡豆去殼？如何烘焙？有哪些烘焙的方法？怎麼磨豆？用什麼方式、什麼機器煮出美味咖啡？一切的一切，經過魏爵先生（我蘭馨會友趙瑞蓮的先生）解說，我的咖啡知識又向前邁進了一步！

在中科路1202-1號、從中科路高架橋下迴轉，不遠，即可看到「魏爵咖啡」的明顯招牌，受邀來參觀工坊的會友共十一人，瑞蓮上班去，熱情為大家解說的是她的先生。

首先上場的是「黃金曼特寧」（印尼蘇門答臘）──濃郁香醇有令人愉悅的微酸：

其次是巴拿馬藝伎咖啡，獨特花香和甜味也含有綠原酸，價位昂貴；接著是國內的日曬阿里山咖啡：花香夾莓果香，果酸味豐富；接著是老闆自命名為「山茶花」的耶加雪菲（衣索匹亞）、還有名為「茉莉花」的緬甸咖啡豆……

一早，便品嘗了極品咖啡，咖啡香繚繞的溫馨，讓我有遇到幸福的感覺；其實，咖啡也是文人的最愛、靈感的催化劑；難怪維也納作家艾騰伯格會說：「我不在咖啡館，就是在往咖啡館的路上」……

我想進一步了解咖啡豆烘焙的方式，魏先生說有四種：水洗、日曬、蜜處理、厭氧處理……大約師父只能領進門，修行還要靠個人。說得太艱難，大家也不容易了解，所以我們就去參觀咖啡生豆、機器……

帶著魏先生送的濾掛式咖啡包，滿腦了咖啡知識，滿載而歸。能短短一小時左右，一邊上課、一邊喝名式咖啡，太幸運了！

再忙，也要來。~喝咖啡之必要

C.（10/19 Pm. 12:30-14:00）西屯牛佬牛肉麵

也是蘭馨會姐素嬌小公子開的牛肉麵館，但是從裝潢到服務以及牛肉麵的品質都不同一般，素嬌有兩個兒子都留美，老大是美國某大學教授；老二卻返國開起牛肉麵館。當初也許不是父母期望的職業，但教育的素質，卻影響麵館的品質，現在媽媽也以他爲榮。

擺在我眼前的是讓人食指大動、色香味俱全的紅燒牛佬牛肉麵；先生的是三寶（牛肉、牛筋、牛肚）牛肉麵，有更豐富的食材；有人叫番茄牛肉麵——濃郁中帶清淡；另外素嬌還切了幾大盤滷豆干、海帶、花生、牛肉、牛筋…眞把我們寵壞了，因爲這餐完全是她請客，我們吃得盡興、聊得痛快！

啊，馬斯洛心理學雖有五需求的說法，但若生理這低層次需求都不滿足，我想我們也無心看畫品咖啡了！

我又被打到凡人囉，所以有：吃牛肉麵之必要！

滌慮亭中的雅集~三餘《天橋上的魔術師》會前會

十月二十三日

古有王羲之等魏晉雅士，今有三餘等書會好友；

蘭亭宴集乃飲酒賦詩、抒發人生悲樂；滌慮亭集乃自在論書、暢談世道起落。

十一月選書《天橋上的魔術師》由十篇小說集結而成，每一篇故事都與天橋上的魔術師有些許關聯（僅一篇沒提到），不同的人以第一人稱訴說有魔術師存在的童年舊事，寫實中有魔幻，讓這個關於商場的回憶錄，多了一層夢幻的面紗……

我們共十二人來到表弟上榮的日式庭園住家，自二〇〇三年落成，我便喜歡上它。

表弟以其父母及郡望命名的〈延陵厚葉〉住家，乍看下，以為來到日本民宿，許多建材、建築樣式、屋內蒐集品……來自日本，這樣由東方日本元素組合的建物，入大門右側，即有一彎曲水迴繞繞過正門後，匯聚在一池。左右兩翼紅、白兩座小拱橋，其下一泓是錦鯉魚戲遊、一池則是美麗睡蓮亭亭。門前，廣闊的草地上有棵巨大鳳凰木，夏天蓊鬱綠葉間，綴滿點點紅橙黃的鳳凰花，朵朵振翅欲飛；冬天，宅左的一棵梅樹，數點梅花天地心；春天更不必說了，打開木大門，成排迎客杜鵑燦笑，讓

人心花怒放；現在是早秋，我們撿到兩片紅楓，視同珍寶，拿著它入鏡，一片楓葉一片情，詩情畫意盡在其中。

這兒，四時觀景皆不同；而室內之美在於古意盎然：古老的鐘來自日本、英國、法國⋯同樣的時間，敲不同的鐘聲，從一百多年前聽鐘響的人不見了，到現在活在二十一世紀的人，鐘聲依舊，只是不知多久，又要景物依舊、人事全非了！

再看各式不同的電扇，都有涼風而至、飛串室內，電扇大如飛輪小似盤子，卻有不同葉片材質：鐵片厚實、橡膠輕巧、帆布驚豔，請問「風從哪裡來？」應該也是百年前的曠野吧！至於留聲機、話筒電話機，讓我們盡興地玩著古老遊戲；至於爬上檜木樓梯上二樓後，發現的小祕密——躲在一扇木門裡的最後驚喜是：典雅的日本茶室。~據說武士要卸下佩掛的長刀，學會低頭入室的謙卑。

那麼，秋天除了書，還有大自然的花、樹、小橋、流水、日式建築、古代文物⋯⋯

帶你們來此，我像個魔術師吧！想必滌慮亭的會前會，會讓你印象深刻。

天橋走過的精彩～我看《天橋上的魔術師》

十一月二日

如果，你生命的歲月中，重疊過一九六一到一九九二；
如果，你生命的地圖裡，標註過台北地區，
那麼「中華商場」對你可能有一種不同的意義——
是倍感親切？抑或是留下青春期的某些印記？那的確是因人而異。
李國修中華商場的長廊歲月；吳明益中華商場裡遊蕩過的童年，都變成生命中動人的故事。
而我是在一九六七——一九七一期間負笈台北時，走過中華商場。
忠～平八棟大樓間，天橋的精彩，雖說不如當地居民的熟稔，卻更有著過客親臨當下的驚喜與收穫。

零星的記憶灑落在幾棟大樓間～「點心世界」鍋貼的味道、唱片行聆賞西洋歌曲的耳輪幸福、躲避店員殷勤拉人入店的尷尬、在掛牆上一片廉價、時髦的衣服間躑躅不前……當然也在天橋上流動的攤位前，迷失過眼神、在算命攤前好奇旁聽命理師的鐵口直斷……那麼，我是否也曾遇見過天橋上的魔術師呢？眞的不知道，眞的迷迷濛

瀠，或許連記憶的碎片都被歲月湮沒了！

直到打開吳明益《天橋上的魔術師》～好像自己模糊素描的中華商場構圖，才又開始一筆一筆塗抹上紅橙黃綠……的繽紛，一下子，已成廢墟消失的中華商場，才又重建出它的模型，立樁般點點的人物，環肥燕瘦、三教九流，在魔杖一麾下，都流動了起來，包括失蹤三個月的馬克、家在三樓賣鍋貼、小米粥的湯姆、念明星高中的小蘭和會彈吉他的阿猴……胸臆瞬間充滿了感動。

好的作家，替光陰留下美好的剪影，韻味在幾筆文字中存留；好的文字，讓你跟著它的腳步前進，讓失去的情景重現、替未來虛擬了實境。吳明益有演說的本領，先是在淡水捷運站前說「天橋上魔術師」的故事，居然讓圍觀聽眾動容，於是興起他把故事化做文字的動力，他的文字非常自然，不矯揉造作，這也使得他這本書具有真誠且純真的感人力量。

民國六十年出生的吳明益，小時候生長的環境在中華商場，這八棟三層的綜合商場是住商兩用。像個大熔爐般的中華商場包容著大江南北來的住民，有大陸撤退來台的外省人、台灣南部北上營生的鄉下人、還有來自山區的原住民……這樣的時代背景、人生場景，讓十篇互涉的短篇小說，九個孩子的成長故事和天橋上的魔術師…交織成既寫實又魔幻的故事。

小時，作者看到的人情世故，只一片懵懂，待長大才發現是重大的事件，也釐出其中深含的意義。正因爲碎片般的記憶加上魔幻組成的故事，不像一些寫實小說，主、配角很容易被對號入座，吳明益家人從不覺得他們是故事的主角。而作者的魔幻裡的眞實，讓合理情節流傳成可能是你、可能是他的故事，這是直逼大家共同記憶的書。難怪張大春認爲這是他近年來看到的最好小說，也因此他說：十年來閱讀吳明益的書，一個字我都不想錯過……像《睡眠的航線》、《複眼人》、《單車失竊記》每本都扣人心弦。

今晚的這一場例會，無疑是大家重拾回憶的討論會，是多麼眞誠的書，將那一切都召喚回來，也許它眞的具有魔法，卽使是許多悲傷的故事，卻讓我們在習慣暴亂和刻薄話語的黑暗中，重新找到某些向光的溫暖和充滿信念的語言。

讓過去懷念的時光再現，慶幸中華商場曾經住過這麼個小男孩——

他的名字叫吳明益。

#三餘十一月例會，討論吳明益《天橋上的魔術師》

#特別謝謝住過台北、生活在台北，對中華商場如數家珍的胡春惠會友，帶年輕世代認識中華商場的繁華與變革，並讓我們一起走過那時代的會友們重溫有中華商場的歲月。

走讀虎尾～與三餘秋天的第二次旅行

十一月八日

當日落月升，車行74號快速道路回到烏日明道中學時，又完成生命中美好的一天。

每次，和三餘會友們的知性、感性之旅，行囊裝滿的豈止笑聲？那是一場一場洗滌心靈、增長知識、認識土地歷史、累積文化底蘊的旅途；也是一次次我和會友靠近距離、交流心語、閱讀彼此眼神的美好機會。從十月中旬爾雅、大稻埕走回中台灣，我更加肯定：這是一個開朗、上進、歡樂、愛笑、美麗……集合成的「快樂讀書會」！永遠是「照片」塞爆、「感謝」滿溢的社群；永遠是「求知若渴」「虛懷若谷」泅泳在智慧之海的一群，只是有時我們「陰盛陽衰」的體質，會讓肢體的美學泛濫成我們回來後裝幀成厚厚的「相簿旅行史」，但誰說不能用相片寫旅行日記？

看著每一張我無法割愛的相片，取捨間的躊躇，總讓我延誤紀錄，好在這不是「即時新聞」，就讓我悠悠閒閒的來說一些有關我知道的「虎尾故事」吧！

A.虎尾水道：

這是日治時代，日本政府為因應虎尾日籍人口不斷增加以及大日本製糖會社擴廠所需、並為了改善虎尾的衛生條件，而在昭和五年（一九三〇年）興建的自來水廠。當地人稱「水道頭」（台語仍沿用至今），其中包含了貯水塔、物料倉庫、唧筒室、員工宿舍……等建物，據說它和糖廠煙囪、合同廳舍瞭望塔，是虎尾市區的三高建築。

在這裡，我們拍了第一張團體合照，並認識了台灣公益CEO協會的林淑娥小姐以及導覽李漢鵬先生，美麗的虎尾故事自此揭開序幕…然後在其東側的涌翠閣流連片刻，據說這是「虎尾郡役所招待所」是當時郡守田中鐵太郎所建，專門招待高級官員、皇親國戚的地方，典型日本庭園、屋舍，靜謐典雅充滿神秘色彩。

B.虎尾糖廠：

台灣原有四十多座糖廠，今只剩下「虎尾」和「善化」兩座還有生產功能，其餘各地糖廠都轉型了，不敵進口糖的價格低廉所造成的必然結果。

回溯建於明治三十九年（一九〇六年）的虎尾製糖所，當年製糖產量居全國之冠，所以虎尾有「糖都」的美譽，糖業替虎尾帶來五十年的繁華，走過一世紀的它，高高的煙囪依然聳立，功不可沒，糖廠本身和周邊附屬設施也成了虎尾相當重要的歷史文化資產。看過糖業博物館（特為我們開放……），彷佛聞到一股甜甜的味道在風

裡、在行經的老街，虎尾糖都替我們送上的是甜甜的糖滋味。

C.虎尾鐵橋：

這是爲了將虎尾五間厝工場所生產製造的糖，運到他里霧驛，以便銜接縱貫鐵路，將粗糖（砂糖原料）運往基隆港，再透過海路運回日本精糖工場而築的鐵道，一九一〇年正式完工。我看到較小軌距（672公釐）也就是俗稱「五分仔車」旁有一條較寬的軌道（1067公釐）（縱貫鐵道），形成三軌並存的奇異景象，抬頭又見多重鋼構桁架型式的鐵橋，那是集合英、日、台工程師、建築工的傑作，立在蒼茫天地間，好雄偉壯觀！鐵橋依舊在，建橋者已作古，不勝唏噓。

D.合同廳舍：

「合同」的日語卽爲「合署辦公」的意思。合同廳舍建於一九三八年，當時是虎尾郡屬派出所和消防組兩個單位在此辦公。廳舍外觀乃日治時期現代式樣四層鋼筋混擬土建物，中央有一高塔，頂部台瞭望塔，爲當時虎尾最高建築物。它的特色在於喜歡用幾何圖形，所以正立面和側立面都設有數個圓窗，甚是好看。我們走入屋內，雖已是現代化的「誠品書局」，但當年木製櫃檯的痕跡仍在；二樓時髦的美式咖啡館「Starbucks」，館內牆上有一類似鐵櫃保險箱的「奉安庫」～原是置放日本天皇、皇后相片的地方，如今，再也打不開的鐵櫃秘密，只提供遊客猜謎的謎題。

古典與現代交錯；殖民與自治的分野，讓我走過合同廳時，落入沉思。

E.老街巡禮：

虎尾老街，標誌著一個小鎮走過的年輪，也見證了百年歷史文化的痕跡。

磚造的四棟樓房，是以前台糖員工宿舍，但頂樓牆上類似方糖的圖騰，是偶然的巧合，因爲當時還不知方糖爲何物？如果不注重考據的導遊或遊客，可能姑妄言之、姑妄聽之，但我們「台灣文學系」出身的漢鵬導覽倒是很仔細、精準的介紹，感謝他在每一環節上的研究，聽故事的人有福了！

布袋戲館建於一九三一年，原是虎尾郡役所，日治時代虎尾地區最高行政和治安機關，現在展示布袋戲之種種道具、木偶、戲棚～台灣布袋戲之父黃海岱的雕像在入口處左邊，彷彿走過他身旁，還可聽到抑揚頓挫的口白、唱腔，我們時代的史艷文還在館內呈列著，上演「人生如戲、戲如人生」的戲碼，看盡人來人往的他們，才是不死的靈魂，說著永恆的眞理：忠孝節義……的故事。

匆匆路過的「虎尾故事館」，下次再來聽故事，我們的行腳不夠悠閒。

（上半場結束，精彩待續……）

從雲林記憶cool經鐵支路站到裝車場，在建國眷村落幕……

十一月八日　走讀虎尾下半場

有時長日漫漫，閑愁最苦；有時歡樂易逝，留不住倏忽流光……

話說虎尾走讀，在經過上半天的行腳，匆匆的路過許多精彩，但似乎又抓不住緊湊的滔滔介紹，再次佩服那個年輕導覽漢鵬的專業，來到「雲林記憶cool」已過午，但因是公益協會的請客，讓我們的簡餐不簡，反而因意外加附的紅茶、橘子而豐盛，其實，只要跟對的人在一起，滋味自然甜美，不是嗎？

雲林記憶cool，原名「虎尾出張所」或「虎尾登記所」，二〇一八年初由社團法人台灣公益CEO承租，成爲雲林文史資料的收藏處，化作雲林講古的素材……但這些故事或事蹟少有見諸文字，必須藉由訪談耆老或深度田野調查始能獲得，正因這些資料存在人們的記憶中，所以特地以「雲林記憶cool（酷）」來強調他是值得從事的工作，也凸顯該館在商品方面的特徵。

我特別賦予它另一個有意義的詮釋：「雲林記憶庫」……是文史資料收藏的地方。

午後，充過電的我們，隨著漢鵬遊覽「五分車鐵道文化路徑」——往雙軌交會、北溪厝招呼站、改良場站、9號（番）裝車場、畜殖場站，在一片看似頹圮廢墟、荒煙蔓草間，發現小小五分車的車站，像個歷經風霜的老人、也彷彿除役後的老兵喃喃自語著：老兵不死、只是逐漸凋零……然後撥開蓁莽茅茂，赫然看到乍現的鐵道。

漢鵬說：「你們若十二月十號來虎尾，必然看到不一樣的景色，因爲糖廠從十二月底至明年三月啟動製糖機制，連鐵軌周邊的亂草都不見了！」

這是怎樣欣欣向榮、碧草如茵的景色呢？

虎尾小鎮許我一個希望——甜蜜的春天想像，其實不到彼時，此時，我們三餘會友帶來的歡笑聲已擦亮了鐵軌的記憶……

微風吹過樹梢，夾道——台灣欒樹三色的繽紛隧道（比綠色隧道更美！）迎我們向建國眷村前進，夕陽餘暉下，唯一的農村型眷村呈現眼前，喜歡蓊鬱大樹包圍下的眷村，其實，見到的只是崩壞的建築，惟留結構撐起的牆壁和沒有玻璃的窗框，恣意在其間穿梭，也許老兵、老將不在了、也許竹籬笆裡的笑聲不再了。

歲已盡、松柏猶存，一位眷村子弟在人群中，熱誠與我們話家常，並指引我們在一王教官家還未卸下的門牌旁、窗框裡留下我們的笑靨。

日將落未落，過了立冬，天黑得快，想著建國眷村的頹圮，竟有一種美麗的哀愁，我們照得很詩意的相片，你能看出其間樓起樓塌的故事嗎？

#感謝凌健主任安排的走讀虎尾小旅行。

十一月四堂星期一晚上的課～

十一月九日

信仰伊比鳩魯快樂學派的劉森堯教授，他穿著黑白橫條polo衫、紫紅色及膝短褲、頭上戴著赭綠色運動帽，手持寶特瓶水，走入三餘例會的聚會所——明道領航教室時，帶著微笑的臉，一派的輕鬆自在，好像剛騎完腳踏車回家的男人，這樣賓至如歸的他，帶給我們的親切，就好像我們已是交往四、五十年的老朋友似的，他是伊比鳩魯快樂學派的信徒，當然也帶來整個夜晚課堂上的快樂和肆無忌憚的對話……

三餘的十一月是忙碌的，我們像蝴蝶一樣生活，像螞蟻一樣工作：

蝴蝶飛舞於天地自然間，快樂逍遙；螞蟻爬梳著書頁，努力探知識的寶庫。

看到教室黑板上書寫著大大的「22」，他拚命搖頭，「怎麼可能？」「你們一定灌水了，一個讀書會不可能走這麼久！」否定的另一面，應該是肯定的讚嘆吧！

他開始講有關今天的主題《小王子》作者周邊的故事——作者聖修伯里的傳奇，如何開飛機送郵件、如何因飛機失事死於盛年44歲，至今屍體仍未尋獲……但這位空軍英雄及《小王子》的肖像，卻化成法郎鈔票上安詳福泰、貴族氣派的圖像，延續他生命的不朽～

我們開始傳閱教授帶來的法朗紙幣，這是一個以美爲顯學的國度，連紙幣上的肖像，無一不是耳熟能詳的藝術家、文學家：伏爾泰、塞尙、貝潦士、埃菲爾……

我們沉醉在紙幣中的五彩繽紛，這樣不同許多國家以嚴肅政治領袖肖像爲主的紙幣，代表法國是一個浪漫的國度，尊重藝術在人生中的位置。

台上的教授開始談哲學：在法國，學生從國中起，就得開始讀哲學，高中會考必考哲學。教學生認識生死，他們不避諱談生死，並要學生面對死亡的人生課題。不禁讓我想起儒家孔子答覆學生有關死亡的發問時，回答的：「未知生，焉知死？」

我們永遠恐懼死亡，說好聽是：積極面對現世的人生觀，但死亡的功課不修，它還是以迅雷不及之勢來臨……

存在主義哲學家海德格認爲：如果能接受死亡是生命的一部分，清楚認識並且坦然面對死亡，我就可以不被對死亡的恐懼以及生活中的瑣事所禁錮——只有在這個前提之下，我才能自由自在地做自己。

森堯教授現在獨自賃屋住在彰化和美的三合院，享受孤獨而不寂寞的退休生活，夜間看書寫作，白天騎腳踏車到處遨遊在山水雲間，他嚮往沒有拘束的生活，是個伊比鳩魯快樂學派的信徒，無神論、不相信輪迴，認爲生命最後都會變成原子、消失在天地間，所以別想太多，自在就好！

台上的他介紹留德生活（雖然二〇〇二年後，德國大不同），但他信服紀律，狐

狸與小王子的對話中強調人類的紀律問題，《阿拉伯勞倫斯》電影中也揭示紀律的重要，日本人生活有紀律，而崇尚自由的歐洲，只好在新冠肺炎期間因不戴口罩以致疫情嚴重……

也由於自由中還是有紀律的制約，所以森堯教授在這期間譯了好多書、也出版了有關電影文學、影評的著作。

健談的他是性情中人，調侃我們讀書會沒看過《蒙田隨筆》《魔山》……等有深度的或《紅樓夢》《水滸傳》……之經典書，畢竟他指導的——以高中國文退休教師爲成員的讀書會，可以選文學至上的書；至於我們來自不同職場、有不同性向的會友，「爲人生而文學」的書，也無不可，心想：森堯教授一心執著的選書方向，或許是在激勵我們往深度文學前進吧！

今晚，我們是聽者、也是辯者，相互激盪的思維繚繞在溫馨的教室裡，時針靜定在9的位置，老師還要滔滔不絕下去……他說：我們不是要講到半夜嗎？一個閱書、看電影無數，可以旁徵博取都是話題的老師，我們還是要替他畫下休止符。

等待下星期一晚上再和他及卡大卡相遇吧。

走在大肚萬里長城步道上

十一月十一日

四個一，代表光棍節，其實也像兩個人的四條腿。平常日子只要有空，我和先生常去走路，走過大肚萬里長城，上觀景台，去欣賞暮色如畫、去目送一天最後的背影；或去住家附近的河堤漫步，看一川清淺、沙洲上的白鷺鷥、看夕陽和雲彩變的魔幻顏色，走路時，可以聊天、可以沉思、也可以放空……

但今天的走路不同！加了三個活潑可愛的會友後，整個萬里長城的步道都鮮活了起來、喧譁了起來，初是幾隻蝴蝶飛舞在秋光裡；繼而化做吱吱喳喳的麻雀；然後是揮著竹杖打武功的大俠，而我們的壓陣男士（我先生）仍一派靜定，一步一腳印，只當我們需要時，權當攝影師或植物認定員——這是羊蹄甲、這是苦楝樹、櫻花樹……

喜歡走大肚萬里長城步道，春天，夾道兩旁粉紅的羊蹄甲，露著少女般羞澀的微笑；夏天，蓊蓊鬱鬱的綠葉間，蟬聲唱著仲夏組曲；秋天，凋葉的枯枝在向晚的微風裡，搖曳出詩韻；而冬天的冷清，讓我們有天地悠悠的美麗哀愁，真的，四時佳興與人同，萬物靜觀皆自得。

兩人同行情意深；三五同行樂趣多；至於團體出遊，前呼後應，叫醒沉睡山巒、

驚動草裡樹間蟄伏的小動物，力道夠！

這個中午，吃過大肚大衆海鮮食堂古早味台灣佳餚，口齒留香之餘，增加的卡路里讓我們有罪惡感，還好就在萬里長城道上、不斷累計的步數中消耗掉，並與幾個好友一路聊天歡笑……

朋友，有你同行，此路最美！

#2020/11/11三餘行政幹部去烏日臻愛會館勘查歲末會長交接會場

#中午在大肚大衆海鮮食堂聚餐

#與明蘭、秀蕙、志文共五人去走大肚萬里長城步道

你讀懂卡夫卡了嗎？
劉森堯教授「文學與電影」第二堂講座

十一月十六日

這次，先在校園門口抽過菸的森堯教授，已是識途老馬，在許多會友之前，踏入我們講座會場～領航教室。

依然是一派輕鬆，黑色印有VANS白字的運動衫，頂一圓形草帽，也許他認爲就像腳踏車隊的旅行，這次，他要帶我們去捷克布拉格，探訪有個叫卡夫卡的怪咖作家，心想：我該不會碰到一隻大甲蟲或地洞裡探出頭的土撥鼠（鼴鼠？）或什麼奇怪的動物吧？

進入卡夫卡的世界，無疑是進入一種夢境式、隱喻式的世界……

其實，偉大的小說，除了呈現故事外，應和偉大的交響曲一樣，包容著許多其他無以言宣的「弦外之音」；正是海明威說的：好的小說作品就像海上冰山，三分在上、七分在下，那在下邊看不見的，才是眞正的精華。

孟子說「頌其詩、讀其書，不知其人可乎？」也許會友有人看過卡夫卡作品，有人沒看過，但若透過對卡夫卡——這位人間行走過十九世紀末至二十世紀初

（1883—1924）現代主義先鋒、家喻戶曉的世界級作家有個身世的探索，或許再去閱讀他的書時，會有更多的情感共鳴或哲理體悟。

二〇〇五年的暑假，我曾到過東歐，在捷克飽覽當地勝景、建築之餘，特別難忘的是拜謁了卡夫卡你在布拉格黃金巷二十二號的故居，地中海藍的牆面，是我那個盛暑中最難忘的沁涼、烙在生命裡最美麗的圖景。我曾在此，想卡夫卡你的多情、對父親權威的無奈與懾服、對費麗絲熱不可擋的情書、或與至交好友Max Brod（布勞德）的深刻感情、當布勞德背叛你的交代——沒燒掉你的稿子，讓你因而在一九五〇年享譽全世界，若地下有知，你是會生氣還是偷笑呢？

其實，藝術家，不管是畫家或文學家，總帶著那麼一點的戲劇性和悲劇性，生前享盛名的不多，像梵谷、常玉、梭羅，像你……

今天的森堯教授傾全力在講你的故事：

你是猶太人，生長在捷克，你會捷克語、德語、法語、英語、拉丁語……你應該是語言的天才；你的父親原是賣豬肉的，卻勤儉致富躋身中產階級，但你一生都在工作，是勞動局傷害保險部的律師，你長了183公分、六十公斤的好身材（瘦高是女子最愛的典型）……

你才認識費麗絲一個月、也才見過一次面，卻一天一封情書，甚至一天三至五封，常一寫就是二、三十頁信紙（費麗絲應是絕色美女吧？NO，教授說：他倆合照，費麗絲簡直像他的姨婆……以爲教授是誇飾，照片傳來，一看，果然不假，震驚！）

接著是與她訂婚兩次，皆以失敗收場（卡夫卡第二次以肺病爲由，解除婚約），但交往五年，費麗絲賺到卡夫卡熱情滿溢的兩箱情書，雖分手卻不忍丟棄。一九三〇年代初，費麗絲和先生千里迢迢從柏林經奧地利、瑞士、葡萄牙逃亡到美國時，唯一沒丟的就是這兩箱情書，而且都是先生扛的（先生胸襟眞大啊），皇天不負苦心人，到紐約，這時正是卡夫卡之名如日中天時（而卡夫卡已逝十多年），費麗絲把它賣給書商出版，價格簡直是天文數字，替費麗絲買了紐約五幢大宅和一座農場……生爲女人當如費麗絲，不必漂亮，但押對寶。

在森堯教授詼諧話語裡，我們也稍了解卡夫卡你的一些著作《變形記》《城堡》《審判》《地洞》諸篇小說的隱喻、象徵…其實，師父領進門，修行看個人，

相信在引起閱讀動機上，森堯教授眞的盡了責任……

鐘聲響起，掌聲響起，謝謝劉教授帶引我們深入卡夫卡的內心世界。

下個星期一，我們將進入電影的探討——奇士勞斯基和《藍白紅三部曲》，我想那應該又是另一高潮的開始~

再忙也要去看你們～親愛的孫子，你們又長一歲囉！

十一月二十二日

我真的很忙——
忙於三餘文學月的幾場講座、忙於趕在11/23第三場講座前，把奇士勞斯基藍白紅三部曲的電影看完；
我真的很忙——
忙著看不完的書、忙著走不盡的路、忙著紀錄過往、眺望未來……
終於體會笛卡爾的「我思故我在」
因為一件件、一樁樁忙事過後，突然感覺：「我忙故我在！」
忙，果真證明我的的確確活著，精彩的活著，充實的活著。
而百忙之中，我永遠不會忘記十一月最後一周星期四的感恩節。
2008/11/27感恩節出生在丹佛的H寶
2010/11/26感恩節隔天在加州出生的E寶
2014/12/4感恩節之後幾天在加州出生的N寶

是你們的來臨，讓感恩節之於我們的家庭，意義特別重大，
神射手的你們，早就深中我們的紅心，再也拔不起的愛神之箭啊！
眞公平，歲月之神又添了你們一人一歲，十二、十、六，多美麗啊～
神奇的像似彩券上充滿希望的數字，
你們將以拔高的身軀、伸展的雙臂擁抱生活各種的挑戰；
你們將以日增的智慧、開闊的心胸接納生命喜悅的樂章。
爲了看到燭火前，你們微笑的臉孔，
我們匆匆跟著指北針前進，
再忙，都要與你們共嚐生日蛋糕的美好滋味，
讓你們感受：
卽使世界昏暗、疫情肆虐、社會混亂，
爲你們擎舉的一盞燈，永遠在！
再說一次：親愛的孫子，生日快樂。

#在11/20-22北上林口，提前替E寶、N寶慶生。
#並在視訊中，祝二〇二〇年正逢感恩節過生日的H寶生日快樂。

奇士勞斯基和我們的藍紅白三部曲～森堯教授的第三堂文學電影講座

十一月二十三日

宿命，是知名波蘭籍電影導演奇士勞斯基永恆的主題。

在他的電影裡，唯一肯定的答案是：人生的不確定性。茫茫人海中，陌生人之間必然有某種神祕的命運牽繫，我們的生活及生命也許被其中忽然搭上的一線緣分所左右而改變一生，也許不會……

之前，他的《雙面維若妮卡》將兩個陌生人之間的命運鏈結到最緊密的程度，充滿了神秘色彩～森堯教授說他不相信這樣的主題，因爲哪有在世界另一端有個和你一模一樣的人跟你同步呼吸、一起嘆息的？

森堯教授是無神主義者，活得自在、自我，他不想死的原因竟然是：死了就不能看書！但他卻生了一個不愛看書的女兒（現三十一歲），女兒不准他在她面前談書……

一個愛書如命、買書可以一再買同一本達三四次的教授，只能說他是個性情中人、可愛老頑童，他說：「我不能容忍和不愛文學的人做朋友」，但他偏偏遇上最不愛書的女兒，這是宿命嗎？

上劉老師的課很輕鬆，信手拈來都是話題，今晚的三色（藍色情挑、白色情迷、紅色情深）是主題，才踏上《藍色情挑》的角色畢諾許——在丈夫和五歲女兒車禍喪生後走不出來，可能是罹患精神官能症（Psychosis）時，便引我們認識憂鬱症、強迫症、精神病、精神分裂……可謂善導者，問一聞十，可才兩小時的課呢！教授的博聞多識，又以自身做例，開始談到他的心肌梗塞、裝心導管、頸椎毛病、阿茲海默症……彷彿他是人間苦行僧似的，可他有陽光般的笑容，一身傲骨、談笑風生，豈有痛苦之色？他說他不屑當和尚，怕不能飲酒食肉抽菸，可全身無處不痛，但又不敢自殺，叔本華說：「殺死意志，唯一方法就是自殺」若有人逼他自殺，他會跑著讓那人追，看來對生命，他仍有執著之愛，另方面，他怕自殺之面貌可怕，他是個很愛面子的人……

拉回，《藍色情挑》～這是單向的電影，女主角靠的全是影像，也就是用影像來講故事、也靠音樂來傳達，音樂亦是一種救贖。這片主題談的是「自由」，可是處處有牽絆，人生何處可有完全的隨性自由？沒有！只要一口氣在，外在看來自由、內在還是有千絲萬縷的牽掛，女主角離開住家的陰影、丟棄丈夫所有樂譜、靠在藍色的泳池不斷游泳發洩，表面上什麼都放空，可是接著而來的是在租的小公寓裡借貓殺鼠、同情公寓裡即將被驅離的妓女、放不下療養院裡阿茲海默症的母親，甚至關心在先生

死後出現的小三、及小三肚子裡懷的先生骨肉~

存在，本身就是痛苦的，就是不自由的。我們無時不受血肉之軀、靈魂、心志……牽絆，尤其叔本華說的：人受慾望支配，因此人生的本質其實就是痛苦。

教授認爲奇士勞斯基拍得最好的是《藍色情挑》，之前，當我在看三色電影時，就說過：最喜歡此片，眞英雄所見略同。

至於後來拍的《白色情迷》《紅色情深》顯然有爲劇情而編的故事之痕，當然也不錯，但最後《紅色情深》在結局的船難救援中1435個搭船者之中，有七位生還者，《三色》的二對男女主角同時獲救，這麼一個大團圓的場面，出現的卻是一種奇士勞斯基感傷而不確定的「快樂結局」~這是奇士勞斯基退休前的最後一部電影，而電影的最後一個畫面——仍然停留在女主角廣告照片中迷惘而憂鬱地望向遠方的神情……

奇士勞斯基的電影走「救贖」的路線，的確如此。

而今晚的三餘以藍白紅三種顏色的衣服，配合三色電影的情境，

我們一樣，服膺法國國旗三色的主旨：自由、平等、博愛

但願三餘在自由的環境下，尋求人人暢所欲言的公平機會，讓我們的愛散播到每位會友的心田之中。

今天我們演的是哪齣戲？

十一月二十五日

時間：深秋，仍有夏之溫的午後。

地點：中台灣城市裡，歷史建築，帝國製糖廠營業所。

人物：以讀書爲樂的團體成員共十六人

事件：俄國作家果戈里小說《外套與彼得堡故事》、兼有其他戲外戲

故事構成的要件具足，我們開始拍戲。

話說要拍《大亨小傳》或《紅樓夢》那是自討苦吃，因爲許多人讀過這兩本小說，大家心中的浪漫英雄蓋次比、夢幻女主角林黛玉，找誰來演都會讓人失望，再俊的勞勃瑞福、再美的陳曉旭……（有28人演過這角色）都不敵閱過小說讀者心中的想像。的確，一千人的心目中有一千個哈姆雷特；一千個人心中也一定會有一千個林黛玉形象。於是太有名的文學作品並不適合拍成電影，首先在男女主角的認同上，很難去除觀衆主觀印象，這會造成情感上的分歧現象。

至於通俗小說就沒這種顧慮。

改編這樣的小說時，自由發揮的空間較多，無需顧慮能否把握原著精神，不像改

編文學名著那樣，要背負許多莫名的重擔和批評……

於這樣輕鬆的下午，我們演的是一般通俗劇，所以男女主角、演員、跑龍套……都任君認養，我們的內外場景都美、攝影也到位，「開麥拉」一聲，第一女主角志文開始解說「戲中戲——俄國作家果戈里幾篇動人小說〈外套〉〈狂人日記〉〈鼻子〉〈涅瓦大道〉〈畫像〉」也開始了我們現實與想像交織的魔幻之旅……現實的錯覺、變形，想像的逼真、荒謬，可笑又可悲的場景，而在留有白俄痕跡面孔的會友凌健男主角詮釋下，彷彿也跟著他一起走在涅瓦大道上，追逐著打扮優雅的仕女，卻在她的住屋裡發現她只是個妓女……落入悲慘的結局！

第二女主角小學久未出現，一身神祕黑衣，身材苗條有致，閃著她漂亮的大眼睛，敘述《后翼棄兵》既是最夯影劇、也是本身就當過西洋棋士Walter Tevis所著小說《The Queen's Gambit》……活靈活現把棋藝少女如何燃燒她對棋藝的熱情、如何代表「失落之子」找回她的人生……

第三位上場的女主角敏如講她在東大上「康德哲學」、在興大上「道德經」的上進故事……

然後是第四、第五、六……

談現代劇場的劇大躍升到我們聽不懂、畫家究竟是理性還瘋狂？宗教學猶太教的認識、照顧婆婆才發現的辛勞……等等，每個人都是自己人生中的主角，努力演出就是好演員。

一場精彩討論的情節運鏡結束後，場外的夕陽呼喚我們拍外景：垂柳下的悠閒、一塘淼淼水邊的流連、眺望歷史建築與現代大廈交錯的失落眼神、或三三兩兩牽手的友誼呈現、或眾星拱月的年少激情……

總之，一齣純眞自然的戲拍得好不好，我們歡娛就好，

至於主戲～外套與彼得堡的故事，敬請期待

#12/7晚上七點到九點正式上演。演出地點：明道中學／領航教室

流連在文字花園裡採蜜的我們~森堯教授第四堂講座

十一月三十日

走著走著……紅了櫻桃、綠了芭蕉，十一月的流光竟來到最後的一天，也是我們上森堯教授星期一電影文學講座的最後一次，心想：歡樂時光易逝，這段期間，三餘在森堯教授亦莊亦諧、應答交錯、笑聲連連的課堂上，受益不少，只是天下無不散的筵席，從此，我們就要開始：追憶逝水年華……

今天教授與我們分享的正是他最最欣賞的法國作家普魯斯特。

他帶來普魯斯特傳、介紹普魯斯特的雜誌以及七冊的《追憶逝水年華》，要我們傳閱聞香，沒錯，對著精美繽紛的封面、密密麻麻的法文，我們眞的是「望洋興嘆」罷了！教授說他四十四歲才開始學法文、德文，到現在二十多年了，可以翻譯許多法文、德文書，除了用功之外，中文底子的札實是主要關鍵，他講到聯經「追憶逝水年華」翻譯版簡直無法入目，讓我想起大學時代看的諾貝爾文學獎集的書，翻得詰屈聱牙、生澀不通，讓我一知半解，當時頗爲懊惱，才知原來是譯者之故啊，現代的譯家，不但語言程度提升，中文造詣也好，翻譯作品進步很多，而森堯教授一出手更不同，去年11月譯成的《歡樂時光》，至於有出版社邀他再譯《追憶逝水年華》巨作，他敬謝不敏，因他說他想再多活幾年呢！

看來《追憶逝水年華》不但難譯，歐美知名導演想根據原作拍電影也困難重重。許多導演在導戲未完成前就去世，可見這是一本很難拍成電影的小說，但又不可否認它是一本曠世經典。森堯教授說他翻譯的作品《歡樂時光》（Les Plaisirs et les jours）是普魯斯特大約一八九四年（23歲）時寫的，是他年輕時代的塗鴉習作，距離後來的扛鼎鉅作《追憶似水年華》第一冊《去斯萬家那邊》出版於一九一三年，中間隔了十九年，這之間，普魯斯特並沒有特別做了什麼，只是一天到晚四處遊蕩和追逐同性戀愛情，頻繁和上層社會人士及藝文界知名人士交往，以及最重要的，他讀了許多書，並慢慢在醞釀他畢生的偉大傑作《追憶似水年華》，他在等待適當時機開始下筆，卻一拖再拖，一延再延，必須等到母親於一九〇五年逝世之後多年，已經四十歲了，才開始動手來寫他的曠世傑作。這之前，他一直無法動筆，據聞主要歸因於他對母親的過度熱愛，必須等到她的離去，獲得了情感上的獨立，才能專心自由自在寫出他心中的眞正感情，如他自己所說：唯有眞正拋棄所愛，才能重新創造所愛。這時，他身上的氣喘病已經越來越嚴重，知道自己來日無多了……（1871-1922享年五十一歲）

老師的故事一直從他的腦海中滾滾而出，他不必用PPT也不拿麥克風，就這樣站

著、走著、坐在課桌上侃侃而談，談普魯斯特的媽媽是有錢猶太人家獨生女、談他法國籍的爸爸有多帥、談比他多活了五十年的女僕，後來出書，記的都是他瑣碎生活，至於她的男主人夜半兩點在塞納河畔咖啡館召男妓的事全然不知……

然後，時間一滴一滴在消逝，我們像在文學花園勤採蜜工作的蜜蜂，不放過每一朵漂亮的文學花朵。

但還是來不及介紹內容故事，森堯教授說再給他幾天吧！

最後森堯老師歸納本書的要旨：愛情、死亡、懊惱與後悔……

再添一筆：普魯斯特把男女間潛意識的愛情，剖析得很貼近每個人心理。也就是在寫我啊！（引來哄堂大笑）

許多人當時喜歡的對象，卻在四、五十年後厭惡了，欲離之而後快……不是嗎？（再引大笑）

再度確認老師是眞性情，知無不言、言無不盡，只是，大家的耳朵還開著，教室卻要關了。

人生不都如此？

下次再見不知何時！

謝謝劉教授開啟我們電影文學的另一扇窗。

#回去再去看小說吧！

在這裡，遇見最好的你我～
十二月最後一場讀書會

十二月七日

在人生的際遇中，相逢的彼此，必定有緣；
有緣的，未必可以走遠……
走遠的，走著走著，就這麼淡了。
除非，你們每次的相遇，都有不一樣的話題、不一樣的驚喜，
那就是讀書會裡的你我。在這裡，我們遇上最好的自己！

每個月一本書，夠我們談的。即使在疫情肆虐的前半年，我們依然透過線上群組討論、在書本的溫度裡，找到生命的出口。

絃歌不輟，知性的號角從每個會友的口中吹起，響遍每次相聚的角落，讓靈魂又再次甦醒，原來，共讀的力量這麼大。

11/25我們的會前會討論了《外套與彼得堡故事》。

出席達十七位會友，創下歷年來會前會最多人數的一次。那時的導讀志文忐忑不安，因是她第一次出航，書海無邊，唯勤是岸。她早就北上聽作家楊照一系列關於俄

羅斯文學的講座。並且把這本書看過三兩遍。「機會是留給準備好的人」果然12／7例會中的導讀，讓她一炮而紅。

娓娓訴說作者的時代背景——所處的俄羅斯地域、烏克蘭家庭出身的背景、周遭社會階層分明的氛圍、俄羅斯文學的演變……，遇到提攜他的俄國名詩人普希金，但他則是從浪漫過渡到現實主義的作家，寫小人物是從他開始的……，志文口條清楚、備課又認眞，我們聽得如醉如痴，今晚的夜空，閃著屬於俄羅斯這顆明亮的星星——果戈里。他是現實主義代表作家，透過小人物呈現對當代環境的抗議……結果契訶夫稱他「……是一個最偉大的俄國作家……」

杜斯妥也夫斯基也說：「我們都是從果戈里的《外套》出來的……」

這是由五篇精彩的故事組成的小說集，篇篇精彩。

《涅瓦大道》《鼻子》《狂人日記》《外套》《畫像》

在三個指定分享以各種不同的方法詮釋～

或就其中描述，欣賞作者精湛的文字結構、譬喻技巧（素姿）

或邊講解、邊引領大家朗誦佳句，進入故事核心（聯華）

或從心理學的角度，分析小說人物的思想、象徵意義（秀英）

總之，讓我想到的是：小時候，持萬花筒，不管轉哪一面，三稜鏡所呈現出的圖案都美得不分軒輊，究竟哪一個圖像可以拔得頭籌呢？我眞的無法判定。

接著自由分享的詩雯，是個在大學教藝術史的老師，她回應的是《畫像》這篇，她藉著幾位畫家許坤城、李足新、林俊彬、連建興、盧昉、楊北辰之畫家風格、畫作，來推翻果戈里書中《畫像》裡那個被利鬼纏身、爲「金錢」而畫，忘掉繪畫初始純眞創作的心，以致迷失墮落的行徑，詩雯有不同看法。她認爲她介紹的這些台灣畫家，都不是披頭散髮、唯利是圖，而是很認眞、努力的。尤其是李足新，在成名之後，更有很多反省自己慾望的作品。也許，因爲我們有個藝術家的會友，讓我們在閱讀文學之際，透過她的專業，替我們開了另一扇通往藝術的窗。李足新的馬（他生肖屬馬）～畫各種不同時期的馬，乃至他逝世（四十三歲）前，畫的疲憊的馬——垂簾般眼睫，我見猶憐，他是在藉馬來澆心中之塊壘吧；而楊北辰以木頭雕出楊志良的黃褐色皮包、太太的深咖啡色皮大衣、紅色高跟鞋……栩栩如生，木雕而有皮質感，鬼斧神工；盧昉以西畫置入「很台」的元素，讓人發噱一笑……

很難得的是今天的主持人凌健老師，經驗豐富的他，在穿針引線串聯間，如此純熟、流利，時間的掌握恰到好處，身上流有白俄血液的他，去過涅瓦大道兩次，眞可以印證果戈里在《涅瓦大道》一開頭寫的：

世上最棒的地方莫過於涅瓦大道了，至少在彼得堡是如此…這條街道輝煌燦爛

於是，我們跟著他——果戈里、跟著他——凌健、跟著她——志文、素姿、聯華、秀英、詩雯去走了一趟彼得堡的《涅瓦大道》，看那小吏被搶的《外套》、翻閱

荒謬的《狂人日記》、拜訪頹廢墮落的畫家和那幅讓他發財的《畫像》，我們在彼得堡樂不思蜀……當我醒過來時，發現我還坐在領航教室裡，我趕快摸摸鼻子，慶幸《鼻子》還在！

這是今年十二月最後一次的讀書會，好精采、豐盛的饗宴，感謝在這裡遇見最好的你我。

#記三餘12/7例會，二〇二〇年最後一場。

老師可以看到未來

十二月十二日

記得最近看了一部電影《不丹是教室》敍述不丹一位年輕老師烏金，但他不想教書，反而嚮往能去澳洲，成爲一名流浪歌手。可是他卻在緯度四千八百公尺的盧奈納偏遠山區的小學最後半年實習時，受到感動。他問小朋友們：將來的志願是什麼？其一小朋友回答：我要當老師，因爲「老師可以看到未來」。

僑仁國小六十週年慶，老校長廖德華致詞時，提到：「從僑仁長出二十一位校長、無數的主任，還有各行各業的菁英……」在那八十多歲的老校長臉上，我看到的盡是光采；等兒子的小學老師：柳秀華、王英鶯、林啟文見到當年那個小小的谷豪——現都比他們高時，他們的神色飛揚出的來的豈止是安慰？還有「以生爲榮」的驕傲，不知他們年輕時，看著教室裡一個個可愛的孩子，是否也看出他們的未來？

小學生走出校門後，變化最大，走的人生之路個個不同：

有當醫生、教師、工程師、董事長、生意人、家庭主婦、司機……

也因爲遍布各層面，多年後，小學老師採收的教育花果更繽紛了，

想到各行各業都有不同種子在發芽滋長、開花結實，那是多麼有意義的志業啊！

感謝五、六年級柳秀華導師的推薦，兒子谷豪只是代表更多同學接受僑仁國小六十週年傑出校友表揚的其中之一，讓他在受獎的那一刻：

飲水思源——謝謝一路栽培過他的老師們；

繼續前行——以更高的成就，不負師教。

同樣是三十六年教師生涯退休的我，真的可以體會谷豪小學老師此刻的心情，至少谷豪沒有辜負你們的教導，以家長身分，我也要說：

老師，辛苦你們了！謝謝你們

#2020/12/12上午八點至下午一點，參加僑仁國小六十週年校慶

#在長庚醫院當耳鼻喉科主治醫生的兒子谷豪獲頒「傑出校友」獎，恭喜他

女人的天空～記與省蘭馨國際交流協會的姊妹們12/13、12/14北海岸之旅

十二月十六日

十一月過後，以爲忙碌的這頭獸，不再尾隨。
豈知從12/1～12/14，我又被牠追趕得氣喘吁吁……
十二月十二日，上午剛參加完僑仁國小校慶，下午兩點便出現在市府文化局。
那是一場文學特展〈永遠的文學推手〉開幕座談會，將我們之前——明道文藝社陳憲仁社長送上〈典藏作家〉的行列，身爲他編輯群一員，自不能缺席。
明日、復明日，兩個和省蘭馨姐妹們一起的北海岸之旅，雖也是忙，但忙得有趣、忙得快樂！

第一天：12/13星期日
台中—和平島—故宮—北投春天溫泉酒店
〈和平島〉
快樂出航的第一站是和平島。

慶幸多雨的基隆，此刻風和日麗，是陽光隨我們北上的吧！

和平島公園位於基隆港港口東側，島上奇岩異石林立，海岸奇特的海蝕地形景觀，如海蝕平臺、豆腐岩、海蝕溝、海蝕崖、海蝕洞、蕈狀岩…等。都是二千萬年的岩石地景，也是珍貴的文化及地景資產；四百多年來的航海歷史，在這座島上堆疊出深厚且多元的人文軌跡，但我們停留的時間短暫，只能望著白色浪花拍擊在海蝕岩層間；只能遠眺新建的城堡，有我走不到的時間距離，純欣賞，然後留下第一張人口眾多的省蘭馨姐妹合照。

〈漁品軒〉

當然，碼頭邊的「漁品軒」以豐富的海鮮滿足我們的味蕾。

才知：一群做過月子的女人，喝起酒來真豪爽，配著珍饈海味，乾一杯吧！人生得意須盡歡，莫使金樽空對月。

所有啤酒的供應商就是我們的秀真理事長，而她自己就是酒國英雌，喝不倒的她，一直鼓勵大家：喝吧！也對，「古來聖賢皆寂寞，惟有飲者留其名」。

〈故宮博物館〉

沒有酩酊者，上車的小憩後，又調整成氣質美女，我們要到知識的寶庫——故宮博物館去增廣見聞。仍是匆匆的馬蹄，但踏過故宮的馬蹄，彷彿也沾染了一些香味，正是「落花歸去馬蹄香」，我瞥了一眼翠玉白菜，看到代表君子之德的玉器，也留下精緻文房四寶的印象。這裡，永遠不能滿足想飽覽古物的過客之眼，但走過幾個展示廳室後，心也像上了一層釉彩般，自覺美些。

故宮在夕照彩霞中慢慢暗下來……

〈北投春天酒店〉

到達入住的北投春天酒店已是下午五點半左右。

這次的重頭戲，便是在春天酒店宴會廳舉行理監事會議。

自強活動加上開會，一舉兩得。

大家穿上及膝褶衣外套會服，配上紅色圍巾，數大便是美，只見滿室喜氣的紅彩帶，飄逸著女人的溫柔。

開會在一小時內結束，接著上菜（一桌原價一萬二，打折後八千八百元），佳餚又需美酒配，美智總監提供的梅酒、財務長幸瑤帶來的葡萄紅酒、理事長秀眞繼續提供的啤酒，整個會場是杯觥交錯、酒酣耳熱，音樂響起，帶動大家的跳舞細胞，女人啊！原來被喚醒的是蟄伏久藏的靈魂；是可以宣洩不已的壓力解放，我終於明白：最懂女人的是女人，可自由交換妳我都懂的感覺，可能此刻連不能言宣的秘密都會像洪水般倒出，酒後吐眞言，管她明天後不後悔！

這時的瘋狂，有感染性，但見滿室喧鬧成鳥園，妳若不飛東飛西，可能被視爲自閉，開放吧！我看到古詩詞中的鏡頭：舞袖低徊眞蛺蝶，朱唇深淺假櫻桃。

好美的夜宴圖～直到洗溫泉的時間都快過了，才依依不捨離去。
溫泉水滑洗凝脂，去除整天的疲累，今晚伴隨溫泉鄉的吉他入夢吧！

第二天12/14星期一
農禪寺—新埔味衛佳柿子自然教育農園—苗栗龍華小吃—台中
〈農禪寺〉
昨晚，泡過溫泉的身體，疲累盡消，但天空轉爲濛濛細雨，微寒。
可是比起氣象預報的寒冷氣候好多了，還是適合旅遊。
我們往北投農禪寺去，作一趟心靈的環保。
看著聖嚴法師如何將整個建築環保的意識，遞變成人心的環保……
看著「金剛經牆」，教導著我們：「應無所住而生其心」
再透過光影與玻璃倒映的變化，欣賞著「水月道場」內、外鏤空刻寫的心經～文字虛實掩映，訴說著諸法皆空的道理。
室外如鏡的一湖水，水面倒映佛像，實體與虛像共生，有如「水中月、空中花」，建築與宗教合一，正是用建築語彙說出「不可說」的佛法……
人生到最後不是「空」嗎？——
「一切有爲法，如夢幻泡影，如露亦如電，應作如是觀」

我想佛教的內修，應啟迪著宿命女子的自覺自醒意識吧！

〈味衛佳柿子自然教育農園〉

清淨心靈之後，我們安排的是體驗有趣的柿子DIY活動。紅橙討喜的柿子，不管掛樹上、擺籮筐、成柿餅……甚或畫牆面，呈現陽光般的色彩，都好美！諧音「柿柿如意」，讓柿子跟「漂亮」「喜氣」脫不了關係，每個人的臉上、心裡都寫著：「我愛柿子」～祈求新的一年，事事如意！

結語：

從沒和這麼多女人們（大約六十人）一起出遊的經驗；
從不知道這樣的社團，不是以「會友」相稱，而是以「會姐妹」拉近距離；
從不知道女人們，可以讓平靜的天空瞬間呈現衆鳥飛掠的身影，美得驚豔；
當然也不知道女人在一起，吱喳成二十個市場（三個女人是一個市場）的壯觀。
可是，靜如處子、動如脫兔的她們，
眞的婦德、婦言、婦容、婦紅——兼具四德的女子。
她們用智、仁、勇征服滔滔世局；用溫柔的力量，畫出屬於自己最美的天空。

永遠是什麼？
永遠的社長、永遠的文學推手、永遠的朋友

十二月十八日

當你看到「永遠」兩個字時，想到了什麼？

是一種「天長地久」的時間概念～例如：我永遠愛你、我們是永遠的朋友！

或是一種「堅持到底」的人生觀念、做事態度～例如：「永遠的社長」、「永遠的文學推手」……這表示：

他雖然不當社長了，但因做得太稱職了，卸任下來，他仍然是以社長的形象存留在許多屬下、朋友的心目中，成為「永遠的社長」

同時，他的慧眼提拔過許多文字工作者，使他們躋身到作家行列，所以「永遠的文學推手」也非他莫屬。

而在私領域裡，何其有幸，我與陳社長從17歲走來就認識，如今，已到「從心所欲不逾矩」的年齡，還可以把酒言歡、喝咖啡聊天……他是我市一中的高中同學、明道中學的同事、明道文藝社的同仁、住家不到幾十公尺的鄰居……這位比我認識先生還久的男性朋友，一直在我身旁，看著他從青澀、害羞、俊秀、成熟、茁壯到鬢白

的歲月，除了周遭親人，有幾多人可以有這樣的機會：看著一個人年輪一圈圈畫上臉龐、智慧毛一年一年染白、凋落，算算超過五十多年的友誼，還眞不容易啊！

二〇一六年十月十五日第六屆台中市文學獎在文學館頒獎時，特頒給他「文學貢獻獎」乃「實至名歸」、我眞心賀喜。

接著前幾天（2020/12/12）在台中市府文化局作家典藏館舉辦「永遠的文學推手——陳憲仁特展」，我也親臨會場參加開幕暨座談會，文藝界朋友眼中的他：

吳晟：他是個很「溫暖」的人，也擁有「見得別人好」的胸襟，他尊重文壇前輩，並牽成有才華的後輩，靠的是他的見識和文學的修養……

張曼娟：沒有陳社長，就沒有文壇上的張曼娟，從第三屆全國文學獎小說組第一名出發，社長一路指導我，認識他三十多年來，他始終沒變，如果問我將來想成爲什麼樣的人？我的回答是：想成爲像陳社長這樣的謙謙君子。

蕭蕭：憲仁就是「獻人」他傾注熱情、認眞和專一給他的編輯工作和文學志業。他是文學的推手，推拔許多作家，我們也應該要把他推上最亮的位置。並且蛋黃、核桃仁、花生仁……「仁」就是「種子」、也是「核心」、是「愛」，憲仁就是（仁、愛）以他的具體行動去實現他的大愛。有位作家說他的客廳是半部文壇；陳社長的那部車，卻是整部的文壇。那輛車載過余光中、鄭愁予、三毛、張曼娟……幾乎文壇知名作家都搭過他的車，走遍天下，這是一部「千萬名車」……

何其有幸，今天黃昏我和先生就是搭著他的「千萬名車」去拜訪張山明、鄭彩仁夫婦的，彩仁也是我們明道文藝編輯群之一，她比我先進文藝社，幾乎是陳社長最佳搭檔，我則是在民國七十二年才兼任編輯，編輯成員來來去去，像苦苓、秦貴修、戴建東、張國輝、盧先志、鄭健立、張䒑良、方秋停都是文藝社留有雪泥鴻爪的過客……

可能鄭彩仁和我交集的時間最長，也因同是女性同胞，有談不完的話題，就這樣，我們相看兩不厭，從年輕到退休以至退休後，都有來往，加上她有個善言、能縱橫商界、政界、教育界……無入而不自得的先生——金門不鏽鋼張董，以他的熱心，主辦的文藝社聯誼活動都精彩而溫馨～

昨天夕陽霞飛的黃昏到燈火闌珊的夜晚，我們走在中興大學附近的康橋，整治過的旱溪，溪水清澈，岸邊垂釣、水中泛舟，加上夜晚薩克斯風的演奏……

又見康橋的詩意浮現：

那河畔的金柳／是夕陽中的新娘

波光裏的豔影／在我心頭蕩漾

尋夢撐　支一支長篙／向青草更青處漫溯

滿載一船一船星輝／在星輝斑斕裡放歌……

第一次感受到：這兒的康橋不比志摩去的康橋遜色……

依依不捨，仍要告別
我不能放歌／悄悄是別離的笙簫
夏蟲也爲我爲我沈默／沈默是今晚的康橋
約好一月中旬大家再聚，去走長長的「萬里長城」
其實，卽使沒見面的日子，我們仍在彼此心中被想念著，
因爲我們是——永遠的朋友！

#感謝張董一路陪伴參觀他們美麗的家、河岸、生態池……從黃昏到黑夜
#謝謝張董請客，小春日式料理的佳餚好吃
#陳社長這樣的一位謙謙君子，終於成爲一生的好朋友，誰說男女之間沒有友誼存在？未來還長，我們會一起慢慢老……

冬至慶團圓

被疫情打亂的家聚，在冬至前夕，終於恢復了。

姪子宗民夫婦辛苦地從西雅圖回台，不爲旅遊，是爲探望一〇一歲病沈的岳母。

在淡水防疫溫泉旅館住了十四天，泡了十四天的美人湯，歷經一次四級大地震，好在六十五歲的他們還可相處一室，相依爲命；並經二個星期「相看兩厭」的考驗，沒有鼻青臉腫地出現在我們面前，可見白頭偕老沒問題了。

還有閉關期，雖非山珍海味，應也營養不缺，未見伊人憔悴樣，兩人福泰依舊。

也不知風水輪流轉得那麼快，自從COVID-19之後，是「天堂」的美國夢破滅了，好像只要飛機帶你遠渡重洋到台灣，就可重生，此刻，自國外回台，都像歷經浩劫的亂世兒女，他們找到海角一樂園，在此歲月依然靜好，我們就在團聚的餐桌上，享受著太平盛世的山珍海味，想到此，覺得「台灣眞好」！

這是一間不甚起眼的日式海產店，標榜著：無菜單料理。

老闆小邱眞的很年輕，所有海產都是自己一大早駕漁船去台中港附近海域捕撈的，有些則來自母舅在澎湖海域的漁獲供應，所以十分新鮮。抓到什麼就供應什麼，像今晚的海烏魚子味道與養殖的烏魚子不同，而清蒸特大號的黃色鱸魚，鮮甜肉嫩，不待太多作料調味，自然無腥，薑絲蒜苗炒魚膘、魚胗的海味，倒也是少有的珍饈，我想，這也算是冬至的進補吧！

雪萊說：假如冬天到了，春天還會遠嗎？

疫苗已在美國開始接種了，最肆虐的疫情應該是會過去了，

期待一個春暖花開的季節降臨，

讓世界平安喜樂～

也是冬至、我小小的心願。

任時光匆匆流逝～昔日的花童，今日的丈母娘……

十二月二十七日

是姪孫女育伶和鄭世強先生一場熱熱鬧鬧的婚禮，在台中林酒店裡舉行。
同時間，這家豪華酒店裡，還有八對新人在進行婚禮～
酒店大廳裡，聖誕裝飾的華麗又加了一層粉紅羅曼蒂克的浪漫，
彷彿宣示著：這裡是個最幸福的國度。
都說：現在年輕的情侶不一定要結婚；結婚後，也不一定要生小孩。
但今天，我看到的是一種服膺傳統路線的選擇：
渴望與親密的愛人走上地毯的那一端；
找到讓愛情延續長久的承諾；
讓日子因雙方關係的穩定更充實；
讓孩子在完整的婚姻家庭中，身心更健康成長……
我們大家族的第三代，紛紛步上結婚殿堂……
今天結婚的育伶是六姪女惠珍的大女兒，芳齡坐二望三，留美期間遇到鄭世強
（我聽的諧音是「正是強」）——真的很強，台大畢業、身高184、家富、還是我服務

的明道高中資優班學生……

看來，不管距離多遠，他倆在美國異地相遇、相戀，最後還是回到家鄉結婚，有緣千里來相會，姻緣更是千里一線牽，實在太幸運了！

許他們能攜手同行，共度白首。

台上是悠揚小提琴演奏，四位天使般著白色禮服的美女輪唱中西方情歌，祝福的歌聲縈繞會場；台下是親友們杯觥交錯、笑語喧闐，所有儀式在莊嚴卻輕鬆中的氣氛裡進行，

突然新娘育伶的媽媽——也是我的六姪女惠珍在我耳畔低語：姑姑，我替你找到一個故事，妳可以寫：妳知道，我小時候曾是三叔、三嬸（也就是我三哥、三嫂）的花童嗎？時間過得好快喔！如今，我女兒結婚了，我突然變成女婿的丈母娘……

是的，任時間匆匆流過，猛然發現：我不是才是個小女孩？後來也結婚、生子、子又有子，如今已到人生秋天，但不必感傷，新生的力量又再滋長，

眼前姪孫女育伶不是才剛出生嗎？紅通通的臉頰像蘋果……才沒多久，便亭亭玉立，像朶漂亮的花，在我眼前燦放……

就像她穿的第二套禮服，開滿了幸福的花朵~

祝福她和世強建立一個美如花園的家，且不忘這個令他倆心花怒放的日子。

閱讀二〇二〇，愛在疫情中前進……

十二月二十六日　會長　林淑如

記得剛接三餘讀書會二〇二〇年的會長時，在上任的那一天，信誓旦旦地告訴會友：這是一個諧音「愛你愛你」的一年，決定好好愛你愛你，愛你一萬年！

才發現：愛沒有那麼簡單。

一月《戲曲的故事》揭開本年度閱讀的序幕：我們原不到三十人的社團，像戲劇般，一下子擴充到五十四人，讓我們在熱鬧喧騰的討論中，更加體會共讀之愛。

舊曆年過後，二月三號的例會取消。新冠肺炎，以駭人的姿態席捲人類，在不明冠狀病毒侵襲下，我們的愛止步，不能握手、無法擁抱。「夜，散落在愛的臨界」，二月二十九因爲愛，仍和幾個三餘會友前往台中歌劇院，欣賞郎亞玲老師的戲劇演出，愛使我們勇敢。

三月、四月、五月……整個世界懾服在疫情恐懼中；我們的面孔只剩下眼睛可以自由呼吸，也只能在自家旅行，這時，眉目傳情，應是唯一愛的訊號；五月十八黃梅天，我們衝破疫情藩籬，幾個幹部在微雨的詩意中，前往錫勳、惠珠夫婦美麗的家，討論三餘的例會應該另闢蹊徑，迎向藍天麗日……那天，我們的心打開閱讀的窗，我們閱讀好久沒聚會的朋友，閱讀細雨迷濛中的村野風光。

終於，六月一日，三餘讀書會在台中市范客講堂復會了，我們的神來了！

王定國《神來的時候》，讓失蹤的愛、撲朔迷離的愛一下子明朗起來，淡淡的哀愁裡，找到生命的出口，美麗原來是文學最後的底牌。

下半年，我們瘋狂的報復性活動展開~

7/6《之間》

8/3《許我一個夠好的陪伴》

9/7《2012/隱地》

10/5《叔本華的眼淚》

11/2《天橋上的魔術師》

12/7《外套與彼得堡故事》

還有每次例會之前的「會前會」……，我看到每一個導讀的認眞、欣賞每位分享者的智慧。在思維的激盪間、在毫無藏私的發言裡，愛的信任，在會友之間流轉成形，猛然間頓悟：我們是一個多麼知性又感性的團體。讀書，讓每個會友面目可愛、言語有味、氣質非凡。

然後陸續的我們閱書的眼抬起來閱天空、閱土地、閱台灣的歷史軌跡，閱人文的刻痕，我們一起走過北台灣的爾雅書坊、大稻埕、作曲家李臨秋的舊宅；走過中台灣

的虎尾小鎮……原來，看過許多書的眼，看世間的景象，可以更清楚；原來，禁錮在疫情下的心靈，感受自由，可以這般可貴；原來，大家集氣的關愛，可以燃燒成生命中最閃亮的記憶。十一月，三餘二十二周年慶，我們請到伊比鳩魯快樂學派的劉森堯教授做了四次講座，開了我們的眼，有另一番視野；開了我們的心，有另一扇門窗，從此我們三餘會在更快樂的氛圍中學習；在彼此關懷的愛裡成長。

現在，我的任期已滿，我想我應該是盡力了！讓疫情中，我們仍然弦歌不輟，繼續讀書；在疫情中，我們更加體會人與人之間溫度的重要，無憾無悔。

新的會長詩雯即將上任，多才多藝的她，必將帶領堅強的團隊繼續前行，相信三餘的路會越來越寬廣，越來越美麗。

許三餘一個美好的二〇二二，並祝福各位會友平安、健康、喜樂！

國家圖書館出版品預行編目資料

書歲月的臉：2020憂喜參半／林淑如著. --初版.--臺中市：白象文化事業有限公司，2021.11
面；　公分
ISBN 978-626-7018-55-2(平裝)

863.55　　110013021

書歲月的臉：2020憂喜參半

作　　者　林淑如
校　　對　李明蘭
出版發行　白象文化事業有限公司
412台中市大里區科技路1號8樓之2（台中軟體園區）
出版專線：（04）2496-5995　傳真：（04）2496-9901
401台中市東區和平街228巷44號（經銷部）
購書專線：（04）2220-8589　傳真：（04）2220-8505
專案主編　林榮威
出版編印　林榮威、陳逸儒、黃麗穎、水邊、陳媁婷、李婕
設計創意　張禮南、何佳諠
經銷推廣　李莉吟、莊博亞、劉育姍、李如玉
經紀企劃　張輝潭、徐錦淳、廖書湘、黃姿虹
營運管理　林金郎、曾千熏
印　　刷　基盛印刷工場
印　　刷　基盛印刷工場
初版一刷　2021年11月
定　　價　350元

缺頁或破損請寄回更換
版權歸作者所有，內容權責由作者自負

白象文化
www·ElephantWhite·com·tw
印書小舖 PressStore出版經紀
出版・經銷・宣傳・設計
自費出版的領導者
購書 白象文化生活館

慈濟點燈與表外甥運敬

《戲曲故事》20202三餘第一次例會

2020/1/15心緣讀書會

參加心緣讀書會例會

明道歲末聯歡退休同仁演唱

高中同學青華自美返台在山鷹露營區　　認識張秀亞女兒(前排中)

2020/1/21在百達富裔
提前拜年：新年快樂

家族聚會

去姑姑家拜早年

兒子在長庚歲末聯歡唱歌

2020除夕

除夕壓歲錢

大年初一拜訪兒子的小學老師

我們在山鷹露營區

大年初二請小姑們

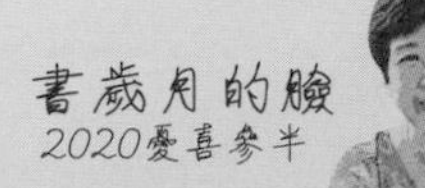

疫情肆虐，在家的旅行

在家的旅行

先生生日

與三餘會友美玲在庭院讀書

共讀之樂

帶學生去買金舒毯

結婚46周年紀念日

每年生日與親家母麗珍聚餐

與三餘會友欣賞郎亞玲老師戲劇

與第一屆初三8學生在粘仔的家具店

第一屆導生蕭明道送來的普洱茶

參觀陳正隆老師水墨展

水墨家陳正隆送的墨寶

與三餘及蘭馨會友參觀陳正隆老師水墨個展

拜訪第一屆學生蕭明道

在咖啡達人廣先生的家

於三餘會友錫勳、惠珠賢伉儷的家

於錫勳家商議讀書會復會事宜

於林口和第一屆學生
熊美玲夫婦及荔華

陪林口孫子騎腳踏車

陪孫子逛林口out let

至龍潭拜訪大學同學
甘運來夫婦

參觀表妹廖虹芳碩士畢業特展

我們是大學室友

重拾二十多年前
醉臥白雲邊的感覺
蕭團長記得否?

與大學同學慧芬拜訪蕭主任

三餘會前會

《許我一個夠好的陪伴》

共讀之樂

三餘幹部會議

家族聚餐

家族定期聚餐

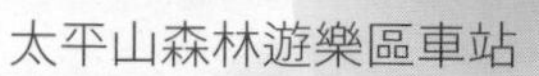

太平山森林遊樂區車站　宜蘭行　蘭馨慶父親節

蘭馨父親節活動

參觀鄒錦峰先生畫展

參觀黃詩雯畫家個展

三餘例會2020特殊景象

三餘會前會《叔本華的眼淚》

三餘9月會前會

三餘大稻埕踏街旅遊

三餘大稻埕踏街之旅

11月三餘會前會在
表弟上榮家

三餘會前會《天橋上的魔術師》

我與隱地夫婦

參觀魏爵咖啡

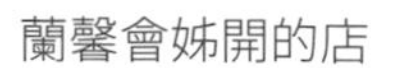
蘭馨會姊開的店

嚐「牛佬」牛肉麵的滋味

三餘會前會12月《外套與彼得堡故事》

走讀虎尾

走讀虎尾建國眷村

兒子回僑仁國小接受傑出校友表揚

陳社長成館藏作家

與兒子小學老師柳秀華

當年明道文藝社之友

我與劉森堯教授

劉森堯教授演講紅藍白三部曲

四堂劉森堯教授的課

蘭馨旅遊活動

蘭馨旅遊及例會餐紋

三餘《2012/隱地》

蘭馨開會

參加姪孫女婚禮

三餘22屆會長

12月卸任2020年會長